古城笔记

杨仕甫 著

团结出版社
UNITY PRESS

图书在版编目（CIP）数据

古城笔记 / 杨仕甫著． -- 北京 ： 团结出版社，
2023.12

（且持梦笔书其景 / 林目清主编）

ISBN 978-7-5234-0762-2

Ⅰ．①古… Ⅱ．①杨… Ⅲ．①散文集－中国－当代
Ⅳ．①I267

中国国家版本馆 CIP 数据核字（2024）第 002792 号

出 版	团结出版社
	（北京市东城区东皇城根南街84号　邮编：100006）
电 话	（010）65228880　65244790
网 址	http://www.tjpress.com
E－mail	65244790@163.com
经 销	全国新华书店
印 刷	成都市兴雅致印务有限责任公司
开 本	145mm×210mm　　1/32
印 张	68
字 数	1700千字
版 次	2024年4月第1版
印 次	2024年4月第1次印刷
书 号	978-7-5234-0762-2
定 价	398.00元（全9册）

目　录

古城姑娘

想起了一首歌：《大阪城的姑娘》，于是写下了这个题目。

大阪城我没有去过，不知道那里的姑娘是不是有那么美，古城的姑娘倒的确很漂亮！一位曾在古城工作过10多年的成都籍大学生调出古城时曾说过一句话：我在古城工作生活了那么多年，古城的姑娘给我留下的印象最深，这里的姑娘真是太美了！我的最大遗憾就是没能在这里找一个姑娘做老婆！若干年以后，这位先生终于圆了自己的这个梦，他硬是在另一个大城市里离了自己的原配夫人，与一个在古城土生土长的姑娘组合了新的家庭！

也许是古城所在地区的青山绿水格外养人，那里的土著姑娘个个身材高挑，肤色白嫩，五官几乎都是照着画片上美人们的标准长出来的。如果仅仅是这样，那也不足为奇，最令人感慨的是这里姑娘的美全属天然生成，绝无半点雕琢，那是一种特别清纯的美。若干年前古城里竟然连一家卖化妆品的商家都没有，如今虽有浙江老板在这里开了一家较大的化妆品商店，但古城土著姑娘买化妆品的仍然不多，因为，化妆对她们来说，反而破坏了那种天然的清纯。

10年前发生的一件事，使我对古城的姑娘又有了新的认识。

那天我从小城南门外走过，偶一抬头，忽然看见古城墙的箭楼上站着一位少女，她红衣青裤，亭亭玉立，瀑布一样的披肩发随风微微飘动，那一刻，我的心被深深地震动了！城墙是明代的城墙，箭楼是明代的箭楼，在那里站着的应该是身穿铠甲的武士呀！在那个时候，历史与现实的反差真是太大了！然而，那又是多么完美的画面啊！我不知道那天仙般的少女为何站在城墙之上，也许她是到这里来发思古之幽情，也许她是特意到这里来为城墙下的路人展示自己的美！从她身上散发出来的那股清纯，我断定她是位古城的土著姑娘。

那是一个刻骨铭心的日子：农历一九九四年正月二十七日，那天我正在古城的一所中学上课，忽然，我的表弟急匆匆跑来找我，他说我母亲突然得了重病，正在他做临时工的某单位，听到这可怕的消息，我的心差点儿从胸口里蹦了出来！当我跑步赶到某单位的时候，我看见我的母亲正平躺在一辆木板车上，我们赶紧将她送到县人民医院抢救。经诊断，母亲得的是脑溢血。事后，表弟告诉我，那天我母亲去10里以外的乡下看完我的舅舅，刚走到小城的时候，突然呕吐不止，晕倒在路边，是一位路过的年轻女子发现了她，那女子赶紧扶起她，问她是哪里人，在古城里有什么亲人。我不知道我的母亲为什么没有提到我，却记起了我的那位表弟。那女子赶紧喊了一辆木板车将我的母亲送到表弟做零工的那家单位（那时候小城里还没有出租车）。后来我才明白，母亲之所以没有告诉那年轻女子我的单位，是怕耽误我给学生上课。在县人民医院里，四五个年轻漂亮的护士一天24小时轮流守候在母亲身旁，为她打针输液，甚至为她擦洗身上的呕吐物，我的心灵又一次被深深地震动了。

我日日夜夜守护在母亲身旁，我每天都在为母亲默默祈祷，然而，在全力抢救了10天之后，母亲还是离我们而去了！

料理完母亲的后事之后，我就和表弟一起在茫茫人海里寻找那位把母亲送到表弟单位的年轻姑娘，几经周折，终于将她找到了，我真是不敢相信自己的眼睛了，原来她竟是那天我看到的站在古城墙上的红衣少女！在我们还没有说完感谢的话时，她却飘然离去了，至今，我们都不知道她的姓名和单位。

　　我仍然在寻找那位红衣少女，在我眼里，古城的姑娘都成了红衣少女。

我家有棵梨树

我家屋后有一棵梨树。不是雪梨树。

那是一棵树龄至少在百年以上的古树，树干要3人才能围抱，树冠像一把大伞，遮住了屋后的一大片菜地，我们至今都不知道那是什么品种的梨树。每到春天梨叶长出来的时候，屋后就会撑起一把巨大的绿伞，梨树开花的时候，又会撑起一把雪白的帐篷。每年稻子熟了的时候，梨子也熟了，密密麻麻挂满枝头，最大的足有一斤重。我们却都不喜欢吃那棵树上的梨子，那梨子又酸又涩，实在难以下咽。

每年梨子成熟的时候，母亲就要我背上一大背篼又大又圆的梨子到20里外的乡场上卖，沉沉的梨子总是累得我汗水长流，可梨子个头虽大，外观却不起眼，看上去很粗糙，就很少有人问津。往往在开始的时候，可以卖到五六分钱1个，到后来5厘钱1个也没人要。

那是一个炎热的夏天，我早上吃了一碗母亲给我熬的玉米糊糊就背上一大背梨子去一个叫作金仙的乡场上卖，临走前，父亲说，家里没钱，你把梨子卖了，就在馆子里吃碗面条。那时候素面条8分钱1碗，荤面条1角2分钱1碗，我想，随便怎么样，吃一碗面条的钱总能够卖出来。谁知那天的运气特差，乡场上的各种梨子摆了半条街，我的梨子问都没有人问。我站在火辣辣的太阳下苦苦等了整整一个上午，一个梨子也没有卖出去。我的肚子虽然饿得咕咕叫，却不想吃那又酸又涩的梨子。我心里非常着急，梨子卖不出去，就还得饿着肚子，顶着烈日，爬坡上坎，走二十几里山路，将那近百斤的梨子背回去。就在我急得心里毛焦火辣的时候，一个打扮时髦的年轻女子走到了我的面前。谢天谢地，总有人来光顾我的梨子了！我差点感动得掉下了眼泪，赶紧问："同志，买梨子吗？"那女子笑了笑反问我："你说呢？"我觉得她问得奇怪，就仔细打量了一下那个女子，谁知这一打量，我的脸竟一下子红得像夏天成熟了的西红柿，原来那女子居然是我初中时候的一个女同学！没想到在这里碰上了她！我从小学时就和她同学，我一直是优等生，她的学习一般，但却是学校里的校花。她比我大，很小的时候就不断地追求我，而我一直懂不起，总是不愿理她。后来她就找了个当兵的对象，据说那当兵的家里很富裕，她的日子就过得很滋润。尽管我现在初中毕业后当了农民，搞得非常窝囊，年年推荐上大学都因爷爷的历史问题而被刷了下来，她却一直没有忘记我，还时时向别人问起我。现在，在我最狼狈的时候，我们面对面地站在火辣辣的太阳底下，那种尴尬可想而知。我不敢正视她，此时此刻，恨不得地下有一条缝，我好一头钻进去！她清楚我们家梨子的品质，又是淡然一笑："那么难吃的梨子，最好拿去喂猪，拿到街上来卖，谁买？"她边说边从提包里拿出几个大梨子递给我说："在太阳坝里站了一个上午，一定很渴了，这是雪梨，你拿去解个渴。"我说："我这里有梨子，我不要。"她硬将那几个梨子塞给我，说："你那梨子难吃得很，我知道你再渴也不愿吃，还是拿着吧。"说着就将梨子放到了我的背篼里，然后离开了。过了一阵她又走到我面前，将刚从饭馆里买来的几个热气腾腾的大包子塞到我的手里："肯定饿了吧，不吃点东西，你那满背篼的梨子咋有劲背回去？"我坚决不要，她将包子塞到我手里就走了。

我舍不得吃那几个雪梨，拿回家去，将它切成几块，父亲、母亲、弟弟、妹妹一人尝了一块，都说从来没有吃过这么好吃的梨子。

我工作后上街买梨子，总要买雪梨。苍溪的朋友来我这里，我也要他们给我带点雪梨过来。前不久，我应邀到苍溪参加梨花节庆典活动，看到漫山遍野雪白的梨花，我又想起了那次的尴尬遭遇，想起了我儿时的那个女同学……

我总觉得雪梨是世界上最好吃的梨子。

家有读书郎

儿子牙牙学语时，我便教他背诵古诗，记得教他背的第一首诗是："锄禾日当午，汗滴禾下土，谁知盘中餐，粒粒皆辛苦。"教了三五遍，小家伙居然记得了，以后便常常缠着我教他背古诗，于是又背"白日依山尽"，背"少小离家老大回"，背"床前明月光"……背来背去，他不到两岁居然能背十多首了。

儿子不嫌枯燥，我这个教的人却有些不耐烦了。于是换个花样——讲故事，谁知小家伙对故事更感兴趣，听了一个又要听一个，从此再不提背诵古诗的事。每次下班回家，儿子一听到我的脚步声，就赶紧站在门边，待我一推门，他就抱住我的腿，高声叫喊："爸爸讲故事！爸爸讲故事！"无论家务事多忙，不管我多苦多累，进门的第一件事就是给儿子讲故事。不讲，小家伙就用不吃饭来示威。最让人心烦的是晚上睡觉前，必讲几个故事，他才会含着微笑入睡，有时候我困得实在睁不开眼，他也不放过。我嘴里呜噜呜噜，自己也不知道在说些啥，每当这时候，儿子就使劲将我掐醒，逼着我继续往下讲。清晨5点左右，他总是按时醒来，醒后的第一件事又是逼着我给他讲故事，我又得搜肠刮肚，给他一个接着一个地讲，我给他讲司马光砸缸的故事，讲孔融让梨的故事，讲曹冲称象的故事……讲来讲去，肚子里的故事竟山穷水尽了，实在逼得没法，只好将先前讲过了的故事再拿出来讲，儿子却不受我的欺骗，一听故事开头就嚷开了："听过了的！我不听！不听！"非要我讲没有听过的，我只好常常去钻书店，买一些故事类的书，没有想到，儿子跟我进了一回书店，却又将兴趣转到买书上了，常常吵着要我给他买书看，买来的书他自然是看不懂的，于是又要我一页一页地给他读。碰到我心情不好的时候，小家伙也全然不管，依旧拿本书到跟前来缠着。好言拒绝他是不听的，于是我就露出凶相，大声呵斥，可儿子的脾气倔得出奇，挨了呵斥，眼角挂着两串亮晶晶的泪珠子，还是缠着叫我讲书上的故事，绝不让步，每当这时候，我总是被弄得哭笑不得，只好叹一口气，很不情愿地讲下去。

　　儿子刚满3岁就上了幼儿园，对书的渴求更为强烈，短的故事不愿听，要听《西游记》，听《济公》，听

《三国演义》，听《包青天》了！买书也要买厚实的，精美的，一次花个三五元钱竟难以打发，《战神金刚》《葫芦兄弟》，买了一套又一套，买得我这个每月只能领400多块钱的工薪族实在来不起账。最伤脑筋的是，有时上街囊中羞涩，口袋里分文皆无，小家伙却毫不理会，硬逼着我为无米之炊，好在书店还有几个熟人，还可以厚着脸皮赊账……

家里有了这么个缠着我教古诗、讲故事、买图书的读书郎，有时虽使人难堪，让人厌烦，但心里还是充满了甜蜜，充满了快乐！我那时经常在心里默默祈愿，愿儿子长大以后，再不要如我嗜书如命，读书读得呆头呆脑，以至于疏远了仕途，疏远了酒杯，疏远了棋牌。愿儿子能从书中读出做人之道，读出立身之本，读出一条比父辈顺畅的人生之路！

想有一间书房

我从在古城任中学教师起，就有了上万册藏书，却蜗居在只有50余平方米的小屋里。除了4个书橱里塞满了五花八门的书，沙发上、床底下、阳台上、居室和客厅的地板上也摆满了各种各样的书。每次朋友一跨进我家客厅的时候，我说的第一句话肯定不是"请坐"之类，而是"不好意思，家里太乱了"！我因此很少邀请朋友到家里坐。

我住在4楼。4楼虽然不是顶楼，前后两个阳台的顶棚却一直漏雨，使人伤透了脑筋，尤其是遇上暴风雨的时候，为了防止大雨淋湿了阳台上堆着的书，我、老婆、儿子常常一齐上阵，搜尽家里所有的塑料薄膜和厚纸板来覆盖将会被雨淋湿的那些书，但不管我们怎样绞尽脑汁，始终还是有大量的书遭到厄运，每当这时候，我就会心疼得刻骨铭心，只要大雨一停，我们就立刻把书摊到地板上晾晒。看着满地板花花绿绿的书们，我想拥有一间单独书房的欲望就格外强烈。

机会终于来了，那年优惠售房的时候，我虽然已经没有教书了，可我的关系还在那所中学，中学要新修职工宿舍，按我的条件，可以住到100多平方米，校长亲自找我动员，并承诺，如果我愿意集资修房，肯定会让我满意，算下来，我只需交18000余元，如果卖掉我那套50余平方的小屋，我只要一万二三，那100余平方米的大房子就归我了，可那时候我存折上只有四位数，囊中羞涩，拿什么去买房子呢？我时时做着一种梦，梦想着等我有钱的那一天，一定能买一套大房子！那时候，我一定要拿一间最大的房间来作书房。可是，几年以后好不容易积攒了几个钱，房改的优惠政策却没有了。眼见房价一天天往上涨，不管你多么努力存钱，你能赶上猛涨的房价吗？

于是，我继续做着我的书房梦。

垦荒记

　　离 5 月还有 10 多天，太阳就像个火球，早上 8 点刚过就从山边滚出来，一直到下午七八点还不落山。我扛着锄头，妻拿着镰刀，我们穿过荆棘丛生的山坡，走了大约 1 千米，终于找到了妻子同事介绍的那块荒地。那是一块既向阳又平整的黑土地，据说原来是一块常年都能栽秧的水田，承包这块水田的是一对年轻的夫妻，已经在外打工 10 多年了，水田就再没有人种过。眼前的田里长满了厚厚的不知道名字的杂草，已经变成了荒地，我对妻说，这块地虽然杂草很深很厚，吃点苦开垦出来还是不错的，我们就种这块吧！妻说，行！我便走进地里，打算先铲除杂草，然后将地深翻一遍，可当我踏进地里时，双脚却一下子陷了下去，一双刚买的皮鞋被淤泥糊得面目全非，鞋子里面也进了水。我立即打了退堂鼓，这样内涝的湿地，挖下去全是淤泥，根本就不可能种出蔬菜来！

我先前在居住的学校背后种有一块被农民撂荒的沙土地，虽然土质很瘦，但由于水源充足，离家很近，经过几年的辛勤耕耘，加上自己不断总结种植经验，种出的蔬菜一年比一年好，根本就吃不完，除满足自己外，还经常送给亲朋好友吃，他们都对我有一块菜地羡慕不已，时常来参观，和我一起分享采摘新鲜蔬菜的快乐。可惜好景不长，忽然有一天，学校在教职员工会上讲，为了使义务教育均衡达标，学校将征收周边的 10 多亩土地扩建运动场，我们种的那块菜地恰好在征收范围内，妻开完教职工会回来告诉我的时候，我有些傻眼了，辛辛苦苦种了好几年的菜地马上就没了，实在有些舍不得，就在这时候，一位女老师问妻，距离学校 1 千米的后山上有大片荒地，问愿不愿意去种，我们答应先去看看再说。

看到眼前类似沼泽、长满杂草的荒地，我和妻都失去了信心，正准备扛上锄头打道回府的时候，有人告诉我，再远点有块地土质不错，只是杂草更多一些，我说可以去看看，于是扛上锄头跟着他走了百多米，眼前出现了一片白色的海洋，在微风的吹拂下，就像一股股白浪在翻腾。我一眼就认出了那是一片芭茅林，芭茅茎秆高的足有两三米，矮的至少在 1 米以上。芭茅，学名叫斑茅草，我们这里也叫桃荚子、白茅草。据百度介绍，这种植物全国各地均有分布，尤以山区沙土、黏土、壤土生长迅速，耐干旱和瘠薄，根茎蔓延能力强，不易铲除。看到眼前的景象，我心里立刻凉了半截，想看看还有没有杂草少一点的地方，可举眼一看，周围大大小小的十几块地全都长满了芭茅草。就在这时候，从远处走来了四五个年纪大约都在五六十岁的男女，他们主动跟我打招呼，并且告诉我也是来找地种菜的。他们说儿女都在外地打工，留下孙儿孙女没人照管，想给孙孙找个好点的学校读书，就到古城来买房或租房带孙儿孙女读书。他们说在农村劳作习惯了，没有地种就觉得浑身不自在，加上孙孙上学去了，他们也没有其他什么事情做，种种地也可以打发时光，消除寂寞，于是就四处寻找土地。他们说已经找了很多地方，离城区近一点的好地已经被人种了，其他的要么土质不行，要么没有水源，现在这个地方虽然离城区稍远一点，但由于长期撂荒，土质好，水源也好。可一看满地的芭茅，他们也跟我先前看到那块沼泽地时的心情一样凉了半截，他们告诉我，芭茅根长得很深，窜得满地都是，每一丛芭茅下面都有一个大疙瘩，挖一丛芭茅比挖一棵树疙瘩还要费力。寒暄一阵后，他们扛着锄头又到别处寻找目标了，留下我和妻站在地埂边举棋不定，我很看好这块地，芭茅长得那么茂盛，肯定撂荒很多年了，被农药和化肥污染的土壤可能已经得到了很好的修复，这是种植真正意义上的绿色蔬菜所应当具备的必要条件。当年，我在现在居住的这所中学任语文教师时，因这是一所新创办的学校，师生员工边上课边建校，平整操场、自办砖厂、整修道路等，全部由本校师生员工自己完成，学校因此给每个教职工都发了一把锄头，这把锄头钢火很好，已经伴随我快 40 年了，锄口仍然特别锋利。我挥舞锄头，用尽全力试着向一丛芭茅挖下去，没想到居然被我砍断了两三枝芭茅秆！我一下子就有了信心。10 多分钟后，那丛芭茅竟被我连蔸挖了起来，我不顾汗水模糊了眼睛，继续挨着一丛一丛挖，妻也行动起来，她先用砍刀砍断枝干，我接着挖蔸。一个星期后，那片芭茅终于被我们挖完了，可是，更大的难题摆在了我们面前，由于长期撂荒，加上几个月没下一滴雨水，土地板结，好不容易挖起来的土块硬得像石头，根本就难以敲碎。我只好将挥汗挖起来的大块大块的土疙瘩摆在那里，等待下雨之后再想办法。

　　还有更伤脑筋的事情，靠地边有一片芭茅长得相对稀少的地方，却密密麻麻长满了一种叫作水花生的植物。水花生原产于巴西，1930 年传入中国，被列为中国首批外来入侵物种，这种植物生命力强大到你难以想象，除非你将深埋于地下的老根全部刨出来，并且不留丁点儿残渣，哪怕一片小叶子或是米粒大小的一段残根没有抠干净，就会很快生长出新的嫩苗，并且蹿得满地都是。我曾将刨出来的水花生堆在地埂上让烈日暴晒，满以为已经晒得焦干的那东西不可能再生了，谁知没留心掉到地里，很快还是复活了。为了那片水花生，我和妻整整奋战了一个星期，边挖边仔细地寻找，生怕漏掉了一小片叶子或针头大小的断根。我们将挖出来的水花生背到百米外的荒坡上，避免它死灰复燃。即便费了九牛二虎之力，菜地里至今仍然生长着零星的水花生，根本就不可能斩草除根！

地挖出来了，杂草清除掉了，我又在地边挖了一个储水坑。为了解决雨季排洪问题，除理清了周边沟渠外，还在地中间挖了4条长长的排水渠，原先长满芭茅、水花生、蓬蒿等杂草的荒地终于变成了良田。

令我没有想到的是，看到我们解决了清除芭茅的难题，那些老太婆、老太爷纷纷扛起锄头加入了开荒的队伍，没过多久，10多亩荒地就全部被开出来了，再过了一段时间，原来的一片蓬蒿就变成了绿油油的蔬菜地。

我几乎每天都要去侍弄那些蔬菜们，干累了就站在地边欣赏那片茁壮成长的绿色精灵，每每这个时候，总要想起当年男女老少齐上阵，披星戴月将荒山变成粮仓的热火朝天的场面，我猜想，眼前的这片田地也许就是那个时候的杰作，不禁心生感叹，前人的辛劳为什么会付之东流呢？不知道在神州大地上还有多少被撂荒了的土地，要是都能像这一片重获新生该多好啊！

种菜记

生在农村，长在农村，青春年少时当了 7 年农民，没想到年过花甲又扛起了锄头，挑起了粪桶。

几年前，妻在学校屋后找了一小块地，打算种点葱葱蒜苗，遭到我的强烈反对。我年轻的时候，正赶上农业学大寨，起五更睡半夜，栽秧割麦，耕田耙地，挑大粪、抬石头，喷农药、当船工，什么苦头都尝过，再也不想跟黄泥巴打交道了。

退休后我定居在千年古城的一所中学里。我家屋后是大片农民的菜地，推窗便是满眼的绿色。我时常看到一个步履蹒跚的老农民驭着一台喷雾器吃力地喷洒着，不知道他喷的是农药还是其他什么东西。有一天，当我又看见他背着喷雾器往地里走的时候，就迎上去问他，才知道他喷的不光是杀虫剂，还根据不同生长期喷些诸如膨大素、催红素、矮壮素等植物生长素。

我原来在单位主要从事文字工作，每天都要在电脑前待 10 个小时以上，既没有锻炼的时间，也不习惯走路、爬山之类的锻炼方法，退休后除了写点东西，还承担了一份刊物的编辑工作，在电脑前待的时间就更久了，常常感到头昏脑涨，于是便想找一块空地，自己动手种点蔬菜，那样既可以锻炼身体，放松大脑，又可以吃到放心的绿色蔬菜，一举多得，岂不快哉？

恰好距我约 500 米的地方有农民撂荒的一块空地，那是一块布满树根，连草都不长的瘦地，足有 3 分多，本来我只想种一半，剩下的转给另外一位想种地的女老师，那位老师试着挖了一锄，差点把锄把都震断了，立即打了退堂鼓；我只好硬着头皮全种了，后来又种了别人丢弃的两小块，加起来的面积足有半亩！

菜地四周长着高大的枸叶树，这种树树冠撑得很宽，根系发达，蹿得满地都是，每挖一锄，就得埋头拣半天细如发丝的须根，如不拣干净，很快就会长出更多的须根来。还会碰上又粗又长的主根，挖起来就更加吃力，还好，我有一把锋如刀刃的大锄，既当锄头又当斧子，连砍带挖，居然能挖掉碗口粗、一两米长的大根。虽然常常累得直不起腰，却很有一些成就感。

周边茂密的枸叶树是山雀的乐园，每当玉米、豌豆冒出嫩芽时，成群结队的山雀便会飞到地里大快朵颐，被它们啄断的青芽铺下厚厚的一层，害得我常常补种。可是，飞鸟却是害虫的天敌，它们默默地帮我逮着虫子，任劳任怨，不图回报。碰上有些容易长虫的蔬菜，如包菜、黄瓜等，飞鸟捉不干净，只得人工去捉。

我种菜坚持一个原则，既不使用农药也不使用化肥，也绝不使用植物生长调节剂。化肥虽然肥效很高，但容易使土壤板结，种出来的蔬菜口感也差。离菜地大约一里路有户农家，农家的厕所是川北山区常见的那种没有封闭的敞口式厕所，蹲位在室内，室外留着一个大口子，方便往外淘粪。我除了到那里挑大粪做肥料外，还从百里外的老家托运来菜籽油枯做底肥，将烂菜叶装在泡沫箱子里泡成肥水做追肥。凡分享过我劳动成果的亲戚朋友都说我用农家肥种出来的蔬菜口感与菜市场买来的就是大不相同。

我大约种过 40 余种蔬菜，菜市场常见的茄子、南瓜、豇豆、四季豆之类，我应有尽有，菜市场少见的鱼翅瓜、刀豆、雪莲、雪里蕻等我也有。自从种了蔬菜，我们一家就与菜市场断绝了关系，10 多年没有去菜市场买过一棵菜。种出来的蔬菜不仅能自给自足，还能与亲戚朋友一起分享。

毫不夸张地说，我现在已经是种菜行家了。什么季节种什么蔬菜，什么时间下什么种，什么时间施什么肥，什么蔬菜需要饱施肥料，什么蔬菜需要少施肥，我都把握得恰到好处。如豌豆就最好不要施肥，施了肥会烂苗；豇豆、四季豆要尽量少施追肥，追肥多了会烂叶子。豌豆、蒜苗如果按时令下种，开始长势良好，遇上霜冻却难以过冬。现在，就连附近的菜农也会经常向我请教一些蔬菜种植的技术问题。

朋友来我家，总喜欢请他们参观我的菜地，每当这时，我的内心就会充满着一种自豪感。看到菜园里的满地绿色，朋友们的脸上也总是写满了羡慕之情，都夸我是当代的陶渊明，我说我岂敢跟陶渊明相提并论？首先，我没有陶渊明的学识和境界，再者，陶渊明"种豆南山下"，说白了是为了生活，而我拿着不菲的退休工资，也算得上衣食无忧，我种地干什么？除了强身健体外，更多的是想用这种方式放松自己。这些年常有本地或外地的人找上门来，请我写些与文学毫不沾边的诸如各种申报材料、项目可研报告之类的东西和策划乡村旅游、机关文化建设、大型文化活动等，累得我简直喘不过气来。每当接到一个新的项目，我总要绞尽脑汁冥思苦想从何入手，这时候就会去挖地或挑粪，边干活边思考，一旦灵感来了，就赶紧放下农活坐到电脑前敲键盘，有时候在电脑前坐得久了，也会到地里去劳作一会儿，放松放松紧张的神经。

在古城郊外的小路上，时不时会看到一位卷着裤腿，满身泥泞，或扛着锄头，或挑着粪桶的老农民往菜地走，这时候，没有人会想到眼前这位老农民居然曾经在某个单位任过职，并且是个拥有正高职称的知识分子！偶尔也会碰上熟人，面对他们惊讶的询问和目光，我会产生出一种自豪感。

挥舞着锋利的锄头或是肩挑着沉重的粪桶，我仿佛又回到了年轻时候的那段时光，只是心境与从前大不相同了，那时候与泥土打交道，觉得很苦很累，而现在却感觉不是在种菜，而是在种着健康，种着快乐，是在磨炼着一种崇高的境界！

只有相思无尽处

爷爷走的时候是 2007 年，那时他 90 岁。二爸走后，我的城里婆婆也于 2008 年地震之后走了，那时她 86 岁，是我爷爷新中国成立前在城里娶的妻子。城里婆婆虽然没有亲生子女，但我的父辈尤其是我们对她比亲生的还要亲。爷爷婆婆健在的时候，我们有爷爷婆婆、父亲母亲、兄弟姊妹，还有一个侄孙子，刚好五世同堂。

听人讲，爷爷刚满 8 岁时便与我的乡下婆婆结婚，其时乡下婆婆已是十四五岁的大姑娘了。爷爷成年之后被拉了壮丁，送到县城的时候，被时任县度量衡检定所所长的舅爷爷保了下来，安置在县警察局当警察，又在城里结了婚，却没有跟农村的原配妻子离婚。

我的乡下婆婆，也是我的亲生婆婆，出身大户人家，生有两男一女。女儿快满17岁时在厨房里擀面，面擀了一半人却突然不见了，一个院子的人赶紧寻找，竟在院子旁边的小池塘里发现了尸体。新中国成立以后，婆婆娘家父亲被划成个人地主，加之国家实行一夫一妻的新婚姻政策，爷爷选择了与城里的婆婆一起生活，农村婆婆年纪轻轻地就守了空房，独自一人抚养两个儿子，一辈子没有再嫁。父亲成家以后，她又挑起了照管孙儿孙女及重孙的重担。我们5个姊妹以及两个侄女都是她带大的。在我成人以后，她又成天操心起我的婚姻大事。按照农村的习俗，在我初中未毕业时，就有很多人给我介绍对象，我当然不会那么早就考虑婚姻的问题。可是，当我在一所中学已经当了几年老师后，婆婆还是没有看见孙媳妇的影子，她就非常着急了，每次回家，总要问我有对象了没有，我总说快有了。每次从家里走的时候，婆婆总要站在院子前的小路上目送我，一直到看不见我的影子时才肯离去。1984年暑假，我由一所区中学调县城工作，加之有人给我介绍了一个对象，我也想去看看，如果谈成了，也免得婆婆成天为我操心。在家待了几天，我就准备结束休假进城。不知为什么，婆婆比以往更舍不得我离开，反复劝我在家多耍几天，而我却执意要走，为了不让她伤心，我只好对她说有人给我介绍了一个对象，人家在城里等我，婆婆听了非常高兴，立刻催我赶紧进城。我是早上走出家门的，婆婆像往常一样蹒跚着三寸金莲站在门前的小路上默默地目送我，我边走边回头看她，不停地喊着"别送了，回去吧"！婆婆却一直站在那里纹丝不动，看着她那微驼的背影，我的泪水止不住哗哗地流下来了。当天晚上，我在县城陪城里婆婆看川剧，刚坐下不久，邻居急匆匆到剧场递给我一份电报，我一看脑子里立刻"轰"的一下，几乎瘫在了地上，电报内容很简单："婆婆病逝，立刻返家。"我简直不敢相信这是真的，早上离家的时候，她不是好好的吗？我一夜没有合眼，总希望那不是真的。那时候到老家的交通极不方便，第二天坐了四五个小时的汽车，然后又走了10多千米的山路才回到家里，我一夜的幻想终于成了泡沫，婆婆躺在棺材里，依然是那么的慈祥，我的泪水模糊了双眼，想到她到死也没有见着自己盼望的孙媳妇，想到自己还来不及尽一份孝心，我的心像刀割一样地疼。父亲告诉我，在我走后，婆婆感到有些不舒服，就请来当地的乡村医生给她看病，那位乡村医生给婆婆打了一针，抽针之后婆婆就咽了气。这是典型的医疗事故，可是一辈子老实巴交的父亲却要我们不要去找乡村医生的麻烦，人都死了，找麻烦也不能起死回生。我们尊重父亲的意见，始终没有在那位乡村医生面前说半句有伤和气的话，以后家里有人生病，一样找他治病。我至今仍然为没有最后送婆婆一程感到伤心。

我始终没有想通的是，第二个离开我们的居然是我的母亲，因为母亲走的时候仅有 61 岁，我们还没来得及尽孝，她就永远地离开了，这使我一辈子都感到内疚和自责。说母亲是世界上最伟大的母亲一点也不夸张。母亲出生在一个贫穷家庭，从小就饱尝各种艰辛。和父亲结婚之后，立刻成了家里的顶梁柱。一个女人家，既要栽秧打谷，挑粪背粮，甚至还要耕田耙地。记得很小很小的时候，父母带着我到西河对岸去收荞麦，回来的时候，火辣辣的太阳晒得人汗水长流，河里却突然涨了大水，父亲用头顶着我与母亲一起蹚水过河，洪水发出震耳的咆哮声，稍不留神便会被滚滚波涛吞噬。母亲个子不高，水已经淹到了她的脖颈，她却不顾自己的安危，伸出两只手扶着骑在父亲头上的我，有几次差点站立不稳，被凶猛的洪水冲走。

　　我小时候经常生病，每次病了，父亲总要到几里路外去请民间医生，父亲走后，母亲就抱着我，想尽一切办法哄着我。记得有一年我肚子痛得直打滚，母亲背着我在屋后的小路上走过来走过去，等着父亲请医生回来，而我却始终不停地哭，母亲也跟着伤心地哭。母亲生有 7 个子女，先后夭折了两个，记得第三个儿子夭折的时候已经 1 岁多了，小弟的尸体摊在屋坎下一棵黄桷树边的篾席上，母亲撕心裂肺地放声大哭，我们一家人跟着哭得死去活来。按照当地的风俗，未成年的小孩子夭折后，一般不掩埋，父亲含着眼泪将小弟的尸体卷在席筒里，背到几里外的一处石腔里停放，怕母亲伤心去那里找，就一直没有告诉母亲停放的地方。

我是在大队小学读的初小，学校离家大约5里左右，由于太远，很多时候中午就不回家吃饭，每次到吃饭的时候未回，母亲就会把饭送到学校。我从小学二年级开始就痴迷读书，读的第一部书竟然是长篇小说《三家巷》，很多字不认识，就跳过去。我养成了一个至今都改不掉的习惯：边走路边看书。记得二年级第二学期的一天，我一个人去上学，母亲想到我中午可能又不回家吃饭，就在我的书包里塞了几个烧红苕。我一边走路一边抱着一本书看得入了神，完全忘记了脚下的路，一脚踩空了，"扑通"一声掉入了一条小河堰里，幸运的是自己从水里爬了出来，书包、衣服全打湿了，书包里的红苕也被水泡烂了，为了不耽误学习，我仍然穿着打湿的衣服去上学，正值秋冬交替的季节，我冻得浑身直打哆唆。老师看到我的样子，就在教室里烧了一堆火帮我烤衣服。没想到的是，衣服还没烤干，母亲居然来到了学校，她给我拿来了干净衣服，还给我拿来了几个烧熟了的红苕。我也没问她是咋个知道我掉进水里的，穿上母亲拿来的干净衣服就继续上课了。母亲默默地退出教室，站在教室门外的窗子边看我上课，大约10多分钟后才慢慢离开。

母亲是我们生产队劳动力最强的妇女之一，她个子虽然不高，却能背150斤以上的重物，能挑100斤以上的重担。我们的生产队长是一位上过朝鲜战场的退伍军人，在生产队的管理上，充分体现了他的军人作风。每天早上5点过，每家每户都安有的广播喇叭上就听到他安排农活的声音了，早上一般在5点钟的时候就出工了，晚上却要九十点钟才能收工，尤其是冬天搞农田基本建设，常常要挑灯夜战到12点钟以后。母亲总是按时出工，从不迟到。母亲又是养蚕专家，每年生产队都要养20多张蚕种，每到养蚕季节，母亲白天要爬桑树采桑叶，喂幼蚕，晚上还要住在蚕房里，至少喂3次蚕。有一年，生产队养柞蚕，母亲将幼蚕放到我家屋后的青杠树上，没有任何人教她这一技术，居然养成功了。后来又养起了蓖麻蚕，蓖麻蚕吃蓖麻叶，喂养方法虽然和桑蚕差不多，但蓖麻蚕全身长满了坚硬的肉刺，看起来比毛毛虫还吓人，尤其是"唧唧唧"的叫声更是令人毛骨悚然。母亲起早贪黑，及时采摘蓖麻叶，生怕蚕宝宝被饿着。她赤手捡出毛茸茸的蚕宝宝，倒掉僵蚕和粪便，保持蚕具的整洁。在她的精心喂养下，这些怪物长得肥滚滚的，结出的茧子又圆又大，全是一等品。

　　那时生产队评工分，男劳动力最高为10分，女劳动力最高为8分，母亲总是能够挣到8分。除了她劳力强，经常干重活脏活外，她的人缘也很好，每次评到她的工分时，基本没有什么异议。我们生产队是远近闻名的先进队，每个劳动日（10分工分为1个劳动日）最高时可以挣到8毛钱。因为垦荒过度，严重缺少烧火煮饭的柴火。母亲每天都按时出工，收工之后，不管多苦多累，都要煮一家人的三顿饭，煮饭烧的柴火主要是麦草、玉米秸秆、油菜秸秆等，一把柴草丢进灶膛，"轰"一声就烧没了，随时都要往灶膛里添柴草，煮顿饭要花将近1个小时。母亲在灶房里忙碌，父亲和我们几个孩子常常坐在那里打瞌睡。吃完晚饭以后，一般都在晚上十一二点之后了，有时甚至到一点了，母亲收拾完碗筷后，还要提上潲水桶去喂猪，等她忙完这些之后，我们早就进入梦乡了。夏天因为天气热，下午出工的时间稍微晚一些，母亲就利用这些时间去侍弄分给我们的几分自留地。很多时候，虽然收了工，但母亲并没有回家，她又背上背篼，拿上镰刀去割青草，拿上锄头去铲草皮，背回来垫猪圈和牛圈。家里的几分自留地也主要靠母亲种，每年的豇豆、茄子、番茄、黄瓜、青菜都多得吃不完，加上生产队分的包菜、胡萝卜等，瓜菜成了我们一日三餐的主食。母亲能将既无化肥更无农药的各种蔬菜做出若干种花样，如胡萝卜切成颗粒熬醪糟，不仅增加了醪糟的甜味，还有浓浓的胡萝卜清香。再如，将牛皮菜叶子切碎熬豆浆稀饭，放上盐巴，别有一番风味。

除突击修水利、砍柴火等农活生产队要办集体伙食外，每年夏季插秧、秋季刨花生，中午饭一般都要求各家各户送到工地上吃，这时就是亮家底和显示厨艺的时候了。母亲提前回家煮饭，煮好后送到工地上和我们一起吃，母亲煮的稀饭虽然不是很黏稠，但老远就能闻到香味，一些人就会主动来舀我们钢筋锅里的饭，或是用他们的饭来换我们的饭，母亲就会有意识地多煮一些。

母亲一生节俭，她的针线活极好。除了过年和走亲戚会换上稍好一点的衣服，平时总是穿着补丁重补丁的衣服。尤其在生活上更是节俭，有好吃的，总是留给父亲和几个儿女，平时的一日三餐，也总是给我们舀干的，她自己喝稀的。每年农历七月十四是农村婆婆的生日，我们雷打不动地要给她老人家过生日，家里会来一到两桌客人。客人走后，总会剩下很多饭菜，母亲舍不得倒掉，就热出来吃。正值夏天，很多时候饭菜已经馊得起涎了也要热出来，差不多要吃一个星期。母亲的这种习惯不幸被我传承下来了。我现在也养成了吃剩菜剩饭的习惯，我也知道这个习惯不好，但母亲给我的影响太深了，我想我此生怕是改不掉了。

母亲辛劳一辈子，没有清闲过一天。正当她辛辛苦苦养育的5个子女都长大成人的时候，却害了一场大病，乡下医生一直当感冒病看，虽然所谓的感冒看起来好了，但从此以后，母亲的身体就明显不如从前了。那时候我在一所中学当老师，一是没有引起警觉，二是没有时间顾及她。直到我感觉她的身体越来越差的时候，才带她去县人民医院检查，这才发现她患有严重的高血压。1994年，母亲突发脑溢血，抢救一个星期后，还是离我们而去了，母亲的生日是除夕夜，她走的时候刚过除夕不到两个月。

第三个离开我们的是我的爷爷。新中国成立以后，爷爷先后在其他乡镇市管会、供销社工作。离开老家几十年，20世纪70年代初因历史问题被下放回原籍当农民，这才重新和我们生活在一起。回乡之后，他很快就适应了农村的生活。虽然已是50多岁的人了，却喜欢跟年轻人拼劳力，背、挑、抬、扛样样都不输年轻人，肥胖的体形也因为繁重的体力劳动而瘦了下来。他虽然被下放，却没有被管制，仍然属人民内部矛盾。每年推荐上大学，由于我在农村表现突出，县上、区上、公社的领导都要给大队打招呼，要求一定要把我推荐出去，而主管推荐的大队干部总是拿我爷爷的历史问题说事。从县里到公社的领导年年打招呼，生产队年年将我推荐出来，年年都扼杀在大队那个领导手中。我至今都丝毫没有埋怨过爷爷。几年之后，形势稍有松动，爷爷又回到县城与我的城里婆婆一起生活，天天不厌其烦地写落实政策的申诉材料。后来，他终于得以恢复工作，安置在离县城很近的一个乡镇供销社工作直至退休。

临近90岁的时候，爷爷已经有了间歇性的老年痴呆症，他虽然和我们同住在古城，但一个在山城这边的半山坡，一个在山城那边的半山坡，虽然我和妻也经常去看他，但因我在距古城30多千米之外的新县城上班，每周星期五下午才能回家，作为教师的妻子每天都要上课，不可能24小时都陪伴在他们的身边。爷爷经常喜欢一个人到街上转转，有一次中午上了街，直到下午都没有回来。院子里的邻居和城里婆婆找遍了大街小巷都不见踪影，城里婆婆这才托邻居给我打电话。我急匆匆从单位赶回古城，和妻子一起又将大街小巷找了个遍，还是没有任何消息，我们急得团团转，整整找了一个晚上都没有找到，直到第二天下午，他却突然奇迹般地回来了。妻子流着眼泪为他洗脸、洗脚，询问他到哪里去了，有哪里不舒服，他就当没发生过任何事情一样，面带微笑地告诉我们他没事，说是上街时碰到过去工作地的一个熟人请他耍去了。我根本就不相信他说的话，因为那地方距离古城五六十千米，况且他离开那个地方已经30多年了，一个人不可能跑那么远，他能够平安地回来就已经万幸了，我们就不再追问他到底去了哪里。以后他又如此走丢了3次。还好，这几次当天就找回来了，他总是说有人请他去做客，总是说他没事，且每次都要反复地夸我们孝顺。知道他有间歇性老年痴呆症后，我们随时都要去看他和城里婆婆，每次见到爷爷，他总要问远在外地读书的曾孙回来没有，看来他随时都想着曾孙，当我们回答在上学没有回来时，他的目光里充满着深深的渴望。

爷爷平常很少生病，虽然安着满口假牙，却喜欢吃坚果，尤其喜欢吃煮熟了的干胡豆，一生都喜欢吃肥肉。在我的记忆中，除了在供销社上班时，回城里搭乘一辆手扶拖拉机出了车祸住过几天医院外，从来没有住过医院，也没有搞过一次身体检查，我们满以为他可能会活过100岁，没想到，2007年的一天，爷爷突发高烧，大汗淋漓，我们赶紧送他去医院，医生诊断为急性肺炎。我和妻子守护在他的病床前，妻子为他擦拭滚烫的汗水和失禁的大小便。经医院全力抢救，他还是离我们而去了。

父亲是在爷爷走后的第二年春节刚过不久离开我们的。父亲读过几天私塾，新中国成立后又上夜校识了一些字，也算队上的读书人之一。年轻的时候，与外爷一起在西河放木筏，将上游的圆木漂流到南部的升钟、定水一带贩卖。由于西河平时的水位很浅，需到涨洪水时方能漂木，每次外出漂木，家里人总会为他们担惊受怕。漂木风餐露宿，日晒雨淋，这都不算什么，最惊险的是沿途经过的数十处激流险滩，一旦木筏被咆哮的洪水打散，那些圆木被水冲走不说，人也将被水冲走，十有八九难以生还，父亲说他好几次都差点出事。

1958年，父亲跟着千军万马的民工队伍到旺苍的黄羊挖铁矿，称之为搞钢铁。那是父亲终生难忘的一段时光，他反复跟几个子女讲述那段经历，话语里没有丝毫抱怨，有的是自豪和遗憾，自豪的是他年轻的时候就出去见了大世面，遗憾的是没有像同去的少数民工那样留下来当上了正式工人。黄羊这个名不见经传的小地方竟然在他的一生中打下了深深的烙印，以至于我从小就对这个地方充满了神秘感。20世纪90年代初，我和一个大学同学从广元乘火车去巴中县进修学校学习，车到旺苍时，打算逗留一个晚上再从旺苍乘汽车去巴中，因没有听清楚列车员报站名，火车启动之后才发现停靠的就是旺苍站却没有下车，只好坐到下一站再想办法，没想到下一站竟然就是黄羊！尽管在我的想象中，那应该是地处深山环境十分恶劣的一处地方，然而眼前的景象比我想象的还要艰辛，那个小得不能再小的乡政府所在地被四面陡峭的大山包围在中间，虽然称之为场镇，却几乎没有街道，连一家旅馆和饭店都没有，我们只好借宿在一户居民家中，主人为我们煮了一碗面条勉强凑合了一顿。那天晚上，我蜷缩在一张简陋的木床上久久不能入睡，我想几十年后的场镇尚且如此，当年我的父辈们怀着满腔激情奋战的、隐藏在深山老林之中的采矿场一定比现在艰苦十倍百倍！

　　跟母亲一样，父亲在生产队里也是强壮劳力，耕田耙地、栽秧打谷样样都是好手，父亲还能干几种一般人干不了的技术活儿，比如撑船。平常撑船谈不上技术，我们队上的大人小孩，老老少少都会撑，但是一旦西河涨了洪水，那就只有我父亲，我隔房大叔和少数几个人可以撑船横渡奔腾咆哮的西河了。常言说，大海航行靠舵手，在洪水滔天的西河里航行同样要靠舵手，尤其当木船驶入位于河中央的激流时，舵手如不能迅速将位于船尾的木舵摆正，瞬息之间，船头就会猛然朝下，木船就会像脱缰的野马顺流而下，当经过下游 500 米处横腰拦起的一道石堰时，木船必然会从那道数米高的水墙上一头栽下去，造成船毁人亡的后果。每当西河里涨了大水又遇上特殊情况必须要渡船过河时，我父亲就会挺身而出，冒着生命危险当起舵手。渡河的木船是一只敞篷船，既不遮风又不挡雨，父亲常常顶着烈日冒着风雨，一拨又一拨地将上学的学生和上街办事或是走亲访友的男男女女渡向西河两岸。有时父亲刚好端起碗吃饭，隐约听到有人在喊过河，他便会立刻放下饭碗要往河边走，我们劝他吃完饭再去，他总是说，不要让人家等久了。好多次，他放下刚吃了几口的饭下河以后就再没返回来吃饭，饿着肚子一直干到家家户户亮起了电灯还不见回来的踪影，我们就站在房前的山梁上大声吆喝"要回来了不"，直到听见了他的答应我们才会放下心来。

我父亲的另一门绝活是榨油。榨油不光是一门力气活儿，更是一门技术活儿。大约在20世纪60年代初期，我们生产队就建起了一座大油坊，不光压榨菜籽油、花生油，还压榨棉籽油、蓖麻油，每年父亲都要在油坊里干两三个月。榨油采用的是最原始的传统方法。首先将原料在火炕上烘烤，烘烤需掌握好火候，火候不到或是火候过头了都会影响出油率，每次父亲都将火候把握得恰到好处。烘烤后经过水碾碾碎，然后装到甑子里面蒸，蒸的火候也是关键，也是由父亲掌控。接着在特制的铁圈里铺上一层稻草，将蒸好的原料倒进去，双脚站在被稻草覆盖的原料上趁热踩压，做成一张张油饼。几十张油饼整齐地卡进木榨的木槽里，用木楔固定好。等这些工序完成后，才正式进入压榨阶段。一般由3个或4个人拉动悬挂着的冲杆猛力撞击木楔，将油饼里的油挤压出来。冲锤的木杆在10米以上，前粗后细，前端安着用生铁做成的冲头，冲头越重，其冲击力就越强。冲头需一个人掌控，冲杆尾部需一个人掌控，而这两个人最为关键，冲头必须对准木楔，一旦不准，很容易将手撞伤，掌控尾杆虽不需要掌控冲锤那样大的力气，但由于把控着方向，也很关键。我父亲一般掌控冲锤，有时候也掌控尾杆，全是技术活儿。

父亲是个典型的老好人，一辈子胆小怕事，从没跟人吵过架，更没有跟人动过手。他经常告诫子女，一定要学会忍让，别人把屎糊到你身上，自己揩掉就是了。

他说，吃得亏，才到得堆（才能走到一起）。他说，别人敬你一分，你一定要敬别人十分。他说，公家的东西一定不要占，占了就一定是祸事。他还说，不要想着当个一官半职，做个本本分分的普通人稳当些。当我被上级领导硬性从中学教师的岗位上调到行政岗位工作时，他告诉我，还是教书这个职业稳当，随便哪个朝代都离不开教书先生。我虽然不完全赞同他的话，但当个优秀的教书先生却是我一直的追求，所以转行两年后又坚决要求调回了教师队伍。

父亲和母亲都有一个习惯，无论碰上多大困难，甚至患上重病也不愿告诉在外地的儿女，每次我问他，有没有钱花，他总是说有，其实他可能连一分钱也没有了。那年母亲得了重病，他居然没有告诉我，他自己得了病，更不会告诉我。可能是因为家族史，父亲患有高血压和心脏病，每次要他到古城的医院来检查，他总是不愿意。父亲每年要来我工作的古城两次，一次是正月间爷爷的生日，一次是十月间城里婆婆的生日，每次来，最多住上两三天，除此以外，他基本不会来古城，一是不习惯，二是怕给我们添麻烦。至今想起来，我都感到非常内疚，父亲一生劳累，60多岁的时候，背就完全佝偻了，他又患有严重的支气管炎，我们住在4楼上，每次爬楼梯时都喘得很厉害。他和母亲进城的时候，只能坐班车，我住的地方距离车站大约1千米左右，全是坡路，而我每次说送他们到车站，都被他们拒绝了。现在我时时回想起父亲佝偻着背，一步一步艰难地爬上我家楼梯的情景，忍不住泪流满面。

每次知道我们要回家，父亲都会步行 20 里到金仙镇接我们，因为我们坐班车回家，只能在那里下车。后来条件好了，我回家要么租车，要么由单位派车送，他总会早早地就到河边的码头等我们，看到我们尤其是看到自己的孙儿后，他虽然没有多少话说，但看得出来他内心不知道有多么的高兴！

父亲走得很突然，突然到我们至今都没有弄清楚他是什么时候因为什么而离开我们的。记得那年正月间，我正在参加县里的政协会议，在会场里接到妻子突然打来的电话，他在电话那头哭着说父亲走了，我的脑子里立刻轰的一声，但很快就镇定下来，我压根儿就不相信妻子在电话里说的话，因为春节我们回家看他的时候，他的身体并没有什么大碍。父亲走的时候，谁都不知道，头几天他有些感冒，自己到街上去找医生开了药，走的头天下午，他还上了街，第二天中午 10 点左右，弟媳妇发现他还没起床，就去敲门，结果没有答应，这才发现不对劲，赶紧通知两个弟弟将门撬开，发现父亲躺在床上，早已没有了气息。我始终不相信父亲已经离我们而去，接到电话后，立即给县人民医院院长打电话，请他派了救护车和医生赶往老家。我看见父亲静静地躺在床上，嘴唇乌紫，医生检查后证实父亲确实走了，可能死于心肌梗塞。父亲走的时候，身边没有任何亲人，我想他一定牵挂着所有的亲人，他定是带着深深的遗憾离开这个世界的。

非常诡异的是，从父亲走后的那个晚上开始，老家屋后便有一群流浪狗嚎叫不止，那叫声跟哭声完全一样，非常凄惨，在父亲灵柩停放的那几个晚上，每天晚上都如此。父亲下葬之后，就再没有听到狗叫的声音了，可是，几天之后，却发现父亲的坟头被刨出了一个小坑，很明显是那群流浪狗所为。父亲的心地非常善良，善良到连虫虫蚂蚁都怕踩死，他说，虫虫蚂蚁也是命。从我记事起，家里就同时养有鸡、鸭、猪、猫，每天父亲都要按时给鸡、鸭喂玉米、小麦、大米等粮食，边喂边跟它们讲话，父亲说，所有动物都跟人一样有灵性，都能听懂人话，虽然我们都不相信他的说法，但谁也不会去阻止它跟鸡鸭交流。每天早上，父亲将鸭子放出鸭圈之后，它们会自己走到一里路外的水田里觅食，下午6点左右，它们会自己列队一拐一拐地走回来，走到四合院的院坝里时总会齐声高叫，仿佛在通知父亲它们回来了。父亲养的一群鸡也是如此，每天早上就自己回到院坝里等父亲给它们喂食，父亲边喂食边叮咛它们不要随便跑到菜地里去啄食青菜，不知道它们是否听懂了父亲的话，但我们家确实从未因鸡鸭啄食邻居家的青菜而和邻居发生过纠纷。母亲病故后，怕给儿女添麻烦，父亲独自一人生活，他每年都要养一头肥猪，养猪的目的是为了让我们能吃上放心肉，但他养猪花的成本实在太大，不但从不给猪喂饲料，还让猪跟他吃一锅饭。那些年常有流浪狗跑到院子里来，邻居怕野狗伤到人，便要驱赶，父亲坚决不准，他专门为流浪狗准备了食槽，流浪狗来了，就端出食物喂给它们吃，起初是一只狗，后来是两只、三只，最多的时候有四五只，父亲一个人的口粮，既要喂猪，喂鸡鸭，又要喂流浪狗，不知道那些年他是怎么过的。每次流浪狗在吃食的时候，父亲总要跟他们聊天，特别叮嘱它们不要乱咬人，父亲喂流浪狗那么多年，一次伤人的事件也未发生。父亲安葬之后，那些可怜的流浪狗从此就不知去向了。

父亲走的时候刚进 77 岁不久。他活着的时候没有给儿女找麻烦，连去世的时候也没有给我们打声招呼，我们连最后一眼也没能见上，他就这样静悄悄地走了，弄得我们至今都有很多很多的痛心和遗憾。他生前的时候，再困难也不会向我们要钱。而作为长子的我，因家庭条件受限，加之完全把心思放在工作上，总认为父亲的日子还长，有的是尽孝的时间和机会，竟很少给他拿钱，记得最多的一次，就是给了 500 元。每年他的生日，我基本都没有回去过，生日的时候也没给他拿过钱或买过什么东西。我常常想，如果他还健在，我一定会开上小车回家去接他；如果他还健在，每年至少会给他拿上一大笔钱。可是没有那么多如果，一切的一切都晚了！我们现在的日子比过去好过得多了，然而，想尽孝心却永远没有了机会。

城里婆婆走的时候是2008年汶川大地震之后。在古城，无论普通市民还是县级机关的领导，提到城里婆婆的名字，几乎无人不晓。她当了很多届县人民代表和居民段段主任。每月领着几元钱的补贴，却对段上的工作格外认真，认真落实上级布置的任务，解决居民纠纷，关心居民疾苦，居民都把她当成了贴心人。最令人感动的是，她领养了一个被人遗弃的女婴。女婴长到1岁左右的时候，才发现不会说话，无法站立，一直以为是缺钙引起的，于是不断地买钙片补充，却完全无济于事，城里婆婆背着养女四处寻医问药，却始终不见好转。为了养女的医药费和自己的生活费，城里婆婆不得不四处找零活干，背砖、背沙、掏阴沟，干的尽是重活、脏活，回到家里，还要给养女洗衣、喂饭，为她接屎接尿。养女皮肤白皙，长着一双圆圆的大眼睛，随着岁月的流逝，渐渐长成一位漂亮的大姑娘，除了不能站立、双手弯曲无法拿东西和说话口齿不清外，其他发育基本正常，个头也越长越高。那时没有轮椅，城里婆婆就找人做了一把可以坐人和在上面放东西的木头椅子。随着养女的个头越长越高，城里婆婆抱她拉屎撒尿和上床睡觉越来越感到吃力，但她还时常背着养女爬坡上坎到一里外的大礼堂看电影，到川剧院看川剧，到街上四处走动，就这样含辛茹苦地将其养到 20 岁左右，养女还是不幸病逝了。

由于我从小在农村长大，城里的婆婆见得很少，20世纪 80 年代中期，我从一所区级中学调回县城文物保护管理所，单位没有住房，我就跟城里婆婆同住了大约1 年多，她完全视我为己出，我们相处得完全像亲生婆孙，以至左邻右舍至今都以为我是他的亲生孙子。后来我从文管所调入了县城一所新办中学，成了家，有了自己的房子。记得儿子出生的那天晚上，雷鸣电闪，暴雨倾盆，城里婆婆一直守在妻子身旁，等待曾孙的出生，整整一个晚上未曾合眼。儿子渐渐长大，城里婆婆对曾孙的喜爱也与日俱增。我们每次去看爷爷婆婆，总是尽可能地带上儿子，如果不见儿子与我们同去，她和爷爷就要反复询问。我们住在古城的汉阳山，爷爷婆婆住在与汉阳山相对的碑亭子半山腰，相隔两千米左右。有一次，城里婆婆炖了鸡汤，杵着拐棍爬坡上坎送到我们住的学校，看到她那蹒跚的步履，我的眼泪止不住就掉下来了。我要她以后不要再这样了，她当时答应了，但以后还是拄着拐杖爬坡上坎送这送那，为了不让她多走路，往后我们去看爷爷婆婆的次数就更加频繁了。

城里婆婆 80 多岁后，我们忽然发现她得了老年健忘症，经常说她的东西不在了，甚至怀疑存在银行的低保存折也被人取走了。有一次，我的二爸从定居的罗江回来，给了她一笔钱，不知什么时候被她放到了蚊帐顶上，二爸问她钱放到哪里了，她先是说二爸没有给她钱，然后又翻箱倒柜地找，找不着，就咬定二爸把她的钱拿走了，二爸虽然不是她亲生的，但在七八岁的时候就被爷爷带进城里跟婆婆一起生活，直到初中毕业后去参了军，是城里婆婆将他养大成人。见她无端怀疑二爸，我和二爸都哭笑不得，我们两个就努力地找，终于在蚊帐顶棚的夹层里找到了，她才露出了笑脸。由于健忘，她经常会怀疑邻居，甚至怀疑除我们以外的其他家人，但她从来都不会怀疑我们两口子，她完全把我们当成她的依靠了。

2008年春天爷爷去世后，二爸将城里婆婆接到罗江养老，万万没有想到却突发脑梗阻，一直昏迷不醒，只有我和妻子去看她，她才好像有点知觉，"5·12"汶川地震之后，她的病情越来越重，医院下了病危通知书，建议家属早点准备后事，但城里婆婆始终不愿咽下最后一口气。二爸知道她的心思，她是想最后再见一眼我们，尤其想见我的妻子，于是二爸打电话通知我们，我们立即赶到罗江，一直昏迷的城里婆婆感觉到我们站在她的面前，眼角立刻流出了泪水，我们含着眼泪安慰她，承诺等她好起来后就接她回到她恋恋不舍地古城。因我要上班。妻子要上课，看完她我们就回来了，本打算隔几天再去看她，可就在我们回来的第二天，她就永远地闭上了眼睛。我们将她送回农村老家祖坟，和爷爷、农村婆婆和我的父母葬在了一起，我们为她修了坟，立起了一座大墓碑。

在爷爷去世后不到3年内，我们这个原本五世同堂的家庭竟然走了好几位亲人，除爷爷、城里婆婆和父亲外，还有二爸。二爸走的时候刚过古稀之年不久。他上小学的时候就被爷爷接到县城，转为城镇户口后在城里上高小、上初中，初中毕业后应征入伍，20世纪70年代初复员后被安置到位于德阳县罗江镇的四川玻璃纤维厂。这是一家由国家建材部直管的三线建设企业，刚从上海迁到内地，他们是内迁后的第一批建设者，建厂的艰辛可想而知。二爸先后当过车间主任、销售科科长，但在销售科科长的位置上干得最长，对一个企业而言，销售是至关重要的工作，直接关系到企业的生存发展，四川玻纤厂的黄金时代就是二爸担任销售科科长的那几年，除了当时的大背景外，二爸这个销售科科长也是功不可没的。二爸一生乐观豁达，因长着一脸络腮胡，几千人的大工厂，从领导到员工，甚至到员工家属，见面都亲切地喊他"大胡子"。他也喜欢跟别人开玩笑，在我的印象里，他见人都是一副笑脸，很少在他的脸上看到烦恼和忧愁，我也很少听说他生过什么病，本以为他会跟爷爷一样活到八九十岁，没想到他竟然走得那么早。

虽然由于几位长辈的相继离开，我们不再有五世同堂的盛况，但长辈们的音容笑貌仍时时浮现在我们的脑海里，他们高尚的人品和吃苦耐劳的精神时时鞭策着我们，我始终感觉我们这个家还是五世同堂。

怀念一只小狗

我们心爱的小狗仔仔永远离开了我们！一只世界上最聪明、最调皮的小狗狗就这样离我们而去了，而它在这个世界上仅仅活了8个月。

仔仔，我们知道你舍不得离开你深深爱着的我们。在你病情恶化的时候，我含着眼泪对你说："仔仔，你怎么这样没有福气呀！你遇上我们这么好的主人，你应该继续在这个家里享福呀！你一定要坚强，要努力挺过这一关！"我看到你的双眼也盈满了泪水，那一刻，我们的心都要碎了！早上，你在我们的怀抱里努力睁着双眼看着我们，慢慢地停止了呼吸，后来我们想把你的眼皮抹下来，让你闭上眼睛，却没有成功，就让你一直睁着眼看着我们、看着这个世界吧！

仔仔，你知道吗？你的离开，我们一家人伤心到什么程度！你几天都不吃东西，我们急得团团转，在古城的医院治疗不见好转的时候，就把你送到绵阳的宠物医院，满以为应该没有问题，谁知道还是无力回天。你以往生病的时候，我们也曾送你去绵阳医治过，很快就好起来了，我们以为这次也一样，谁知道……你是在绵阳那个家里离开我们的，最初我们打算把你安葬在绵阳屋后的山坡上，但我们找了许久，却没能找到一块理想的地方，我们怕今后山上搞开发，毁了你的墓地，更主要的，我们很想让你回到生活习惯了的老家，这里有同样喜欢你的很多人，还有你的很多狗狗朋友，你离我们近一点，我们随时都方便来看你。昨天，我们把你从100多千米的绵阳带回古城后，为了给你寻找一块理想的墓地，顶着三十几度的烈日，整整找了好几个小时！我们为你选的墓地，在一片茂密的树林里，背后是山，前边有一条小水沟，走不了多少米，就会看到我们居住的学校的楼房，我想，你应该满意吧。我们把你生前所有心爱的玩具，还有你的被盖、衣服以及为你存放的好几斤你最爱吃的鸡肉、猪肉以及刚刚为你买的狗粮、猪心肺等都装到你的墓穴里了，你就在天堂里慢慢地享用吧！从知道你生病的消息后，在远方读书的儿子不断地打电话询问你的病情，昨天，他也像我们一样地伤心，还在自己的QQ签名上写下了想念你的留言。

前天晚上，你病重的时候，我们几乎守了你一个通宵，而你直到离开我们的时候，也是一夜未曾合眼。昨夜，我们又是通宵未眠，整整流了一个晚上的泪水！直到今天，我们仍然在不停地流泪。你生前的一举一动，一直在我们的脑子里像电影一样重现，你聪明的智商，你漂亮的长相，你对主人的忠诚，是我们见到的狗狗中最棒的！

我们永远不会忘记，每天我们回家，还在3楼以下，你就准确地听到了我们的脚步声。当我们开门的时候，你早已守在门口，门一开，你就围着我们撒娇、围着我们亲热，你要我的妻子抱你，你跟我握手，抱着我的大腿撒欢。如今，我们回家的时候，门口却再也没有你的身影了！

我们永远不会忘记，每天早晨，学校的高音喇叭响起的时候，你就已经醒来了，可是你却不急着喊我们，你总是等到学生们做完早操，才到卧室门口抓我们的门，喊我们起来陪你到学校的花园里大小便，你从来不在家里拉屎撒尿，无论我们在外边耽误多久，你总要努力憋着，一定要等我们回来放你出去才会飞快地跑去放松自己，而且，你绝不会随地乱撒，总要把屎尿撒到花园和菜地里。

我们永远不会忘记，妻子晚上有自习辅导的时候，你总要在最后一节课时卧到我们4楼的楼梯口，等着她的回来，你准确的时间概念，让我们常常感到吃惊。

　　我们永远不会忘记，你喜欢到校园里跑步、撒欢，而且总要我们陪着你一起出去，有时候，我在家里做事，顾不上的时候，你就会用两只前爪来使劲地拉我，我还是不理，你就会向着我嘤嘤地叫，就像在乞求我一样，那时候，我会感到格外地开心。

　　我们永远不会忘记，很多时候，我们在厨房里切菜做饭，你就会将两只前爪搭到灶台上看着我们，像个嘴馋的小朋友向我们讨要食物，我们给你切点黄瓜、萝卜之类的东西时，你吃得是那样的香甜；当我们一拿塑料口袋之类的东西时，你就知道我们要吃零食，就会跑到我们的手里争夺，有时候怕一些食物伤了你的胃，我们只好藏起来吃，但还是不行，你会听到拿东西的响声的，后来我们就干脆不在家里吃零食了。

　　我们永远不会忘记，每次我们只要一换鞋子，或者一拿小包，你就知道我们要出门了，怕我们不带你，就先站到门口等我们，我们告诉你出去办事，一会儿就回来，你在家里好好地看家，你会乖乖地返回去卧下，不再撵我们的路。我经常外出，如果看到我背着大包要出门，你就知道我短时间不会回来，那时候就不肯乖乖地回去卧下了，总会千方百计地跟着我，每次都要费很大的神才能摆脱你顺利地出门。

　　我们永远不会忘记，还在你很小的时候，有一次我们出远门，把你寄养在侄女家里，当我们回来去接你的时候，你一直在我妻子的怀抱里狂叫，到家里还不停止，我们知道，你是在埋怨我们丢下你不管，我们就不断地向你道歉。当我们中有谁超过一天以后才回来，你见到我们时就会狂喜不已，不停地以你的方式表示亲热，即使我儿子在外边读大学，平时很少和你相处，当他回来的时候，你一样地狂喜，一样地撒娇。前段时间，他假期回来，你每天总喜欢跟他玩，他也千方百计地逗你开心，那种感情甚至超过了人与人之间的相处！

我们永远不会忘记，有时候，我们坐在沙发上看电视，你就会爬到沙发扶手上来搔弄我们的头发，逗我们开心。每次我们的电话响起而没来得及接听的时候，你就急得大声吼叫，在我们拿起电话接听以后，你就立刻安静了。当我们牵着你出去散步的时候，你总要一步一回头地看我们，生怕我们中间有哪个没有跟上，还要拼命跑回去接走在后边的人。还记得有两次我和妻子发生争吵，儿子在场劝我不要再发脾气了，你也昂着头大声吼我，我明白你的意思，你是明显向着妻子的，你跟我儿子的意思一样，是要我不再说什么了，那时候我既心酸又感动，立刻停止了吵闹。我们每天都要滔滔不绝地跟你讲话，你总是盯着我们认真地聆听。你小时候跑到校园里玩得开心不肯回来，我们急得没有办法，就喊一声："仔仔，回家吃饭了！"你就会飞快地跑回家里。当你调皮的时候，我们只要说一声："拿棒来！"你就立刻乖乖地卧下了。每当有生人到家里的时候，你总是不停地狂叫，但从不会下口咬人，每当门外有陌生的脚步声，你也会使劲地狂叫。其实，你的胆子很小很小，甚至一声轻微的响动也会吓得你缩头缩脑，记得有个早上，天才麻麻亮，我陪你到学校花园里撒尿，没想到突然受到一只躲在花丛里的小猫攻击，你一声惊叫，把我也吓了一大跳。仔仔，我们最开心的好伙伴、最忠实的守门人，你对生命是那样的珍惜，我们做梦都没有想到会被万恶的疾病夺去了你年轻的生命啊！

仔仔，你是否还记得，你总喜欢啃家具、喜欢叼鞋子、袜子去撕咬，喜欢猛地跳到床上往我们的被窝里钻，钻进被窝就在我们身上乱拱，甚至扯我们的头发；见到学校里的小朋友时，你总想跟他们玩，而那些小朋友又害怕你，常常引起大人的不满；看到学生们打篮球，你也跟着去抢，学生们也有些怕你；无论在哪里见到陌生人，你总要向着人家狂叫，有时候吓得人家乱跑。无论你多么调皮，我们都舍不得打你，妻子偶尔用废报纸卷成筒吓吓你，你就会立刻乖乖地卧在那里，就像一个被家长责骂的调皮的小孩子那样，把头埋着，显出心酸的样子，我们知道你已经晓得自己做错了事，是在那里怄气或者反思，我们的心就软了，就会抚摸着你，给你说些安慰的话，你慢慢地又会高兴起来。

你经常在校园的操场上撒欢，跑得比兔子还要快，我们一直为你旺盛的精力和强壮的体魄感到开心，为你超人的智商感到骄傲，我们以为你会长命百岁，没有想到你却英年早逝，你让我们怎么不伤心呀！我们从来没有把你当成一只动物狗狗，我们一直把你当成自己的心肝宝贝，我们始终认为你除了不会讲人话外，你的所有一切都超过了一般的人！

仔仔，你知道吗？我们在冰箱里为你储备了那么多你喜欢的食物，我们原想这个暑期让你在绵阳的新家好好地待上一段时间，让你在小时候最喜欢玩的屋顶平台上尽情地玩耍，小时候我们担心你从屋顶上掉下去，现在你长大了，我们再不会有这样的担心了呀！记得前天下午，我们在屋顶平台上整理杂物，你拖着沉重的病体，想爬上楼来，最终只爬到了楼梯的一处平台上，小时候，你总喜欢爬在那里看我们坐在餐桌上吃饭，使劲地用鼻子闻着饭菜的香味。我们让你在楼梯平台躺了一会儿，把你抱到了屋顶的平台上，而你却再也没有力气撒欢了！晚上，我们一直躺在客厅的沙发上守着你，半夜的时候，你慢慢地走到了我们的卧室，我就跟着你到卧室，躺在床上看着你，你想爬上床来，我就把你抱上了床，躺了一会儿，你突然跳下床去，卧在小时候喜欢卧的那张地毯上，看着你的这些举动，我们原以为你能够挺到天亮，然后按医生的安排去为你输液，我们居然没有想到，你是在和你心爱的一切做最后的告别……

仔仔，我们心爱的宝贝，你虽然不能再像以前那样天天陪伴着我们，逗我们开心了，但我们始终感觉你仍然在我们的身边，并没有离开我们，我们会永远把你作为家庭的一员，永远永远怀念你！

仔仔，祝你一路走好，来生投胎做人！

后记：这是我10多年前在自己养的小狗死去后第二天写的一篇纪念文章。没有养狗之前，我对痴迷于养狗及豢养其他宠物的人觉得不可思议。那年一位朋友送给我一只小狗，我本来不想要，但碍于情面勉强接纳了，谁知越养越觉得可爱，越养感情越深，以至于完全把它当成家庭的一员了。养狗之后才发现除了不会说人类语言之外，狗狗跟我们人类完全没有区别，甚至比一些人还善解人意。养狗也使我明白了父亲生前总喜欢跟鸡、鸭、狗、猫之类的动物说话的原因了。我们的那只小狗死去后，我们就再不养狗了，因为狗的寿命毕竟有限，我们怕再碰上狗狗离我们而去的时候又会引起我们的极度伤心。

我家住在西河边

　　我的故乡坐落在西河岸边的一个小山村，20 世纪 50 年代，我在那里出生，然后在那里读完小学、初中，当了几年农民之后便考上学校离开了家乡，从走出家乡求学时算起，至今已有 40 余个年头。40 年来，虽然我的人离开了故乡，可心却一刻也没有离开，我常常在梦里再现着故乡的人和事。

　　西河是我儿时的乐园。门前的西河水一年四季都清澈见底，看得见河底光滑的鹅卵石，看得见成群结队的各种鱼儿在水底嬉游。西河的鱼类有数十种，我知道的就有鳜鱼、娃娃鱼、鲤鱼、鲢鱼、乌棒鱼、青波、红梢子等。每年清明前后艳阳高照的日子，成群结队的鱼儿就会聚集成堆产籽，到了晚上，村民们举着用葵花秆做成的火把，将漏底的竹篾背篼猛扣在产籽的鱼堆上，因产籽已然软绵绵毫无抵抗力的鱼儿任由大家从背篼里往外拣就是了，几个小时后，每个人的背篼里都会装满大大小小的鱼。我这个跟着大人去看热闹的小孩也用黄荆条串着一串小鱼儿，像凯旋的战士，提着鱼串蹦蹦跳跳地和大人一起往家里赶。到家后，无论多晚，逮了鱼的人家都要熬出一大锅白花花、香喷喷的鱼肉让院子里的老老少少一起品尝胜利果实。

我们生产队在西河栏起了一道石河堰，石河堰下边的浅水滩上有一条约半米深的流水渠，有人在水渠里放上一个笆篓，随时都会有肥滚滚的鱼儿顺着湍急的流水钻进笆篓里，我们这些小孩就经常跑去观看笆篓里是否有鱼，有了，就去喊大人来逮。有一年的夏天，一条好几米长的大鲢鱼的头钻进了笆篓，来了好几个大人才将其逮住，一口一米见方的大水缸根本容纳不下它，只好将它在水缸里盘了整整两圈，那条鱼最终是怎么处理的我已记不清了，但在我的印象中，好像没有听说过吃鲢鱼的事。还有一年，一条至今都不知道名字的大鱼搁浅在石河堰下边的卵石滩上，两个壮劳力将其抬到街上，像卖猪肉一样砍成大块，1 毛钱 1 斤零卖，结果 1 斤也没有卖掉，原因居然是都不敢吃那么大的鱼。

我们尤其喜欢夏天，夏天我们可以在西河里戏水，西河水由浅入深，大人小孩都可以找到适合自己戏耍的地方。水里只有卵石和软绵绵的细沙，脚上不会沾半点污泥。夏天，我们这些小孩还可以光着脚在西河里撬鹅卵石摸胡光头，摸河蚌壳。我们尤其喜欢向河中的大石头上摔小石子，只听小石子"啪"的一响，在大石头上享受日光浴的一堆团鱼便立马受到惊吓，"扑通通"一齐跃入水中。西河中有很多这样的大石头，在这些大石头底下不知栖居着多少大大小小的团鱼。团鱼虽多，却很难抓得到，听大人说，抓团鱼最好的方法是晚上，晚上它们会成群结队地到沙滩上乘凉，只要拿杆电筒往它们身上一照，突如其来的强光会射得它们睁不开眼睛，你只需用拇指和十指卡住团鱼的背壳，就很容易将其捉住。

那时我们生产队有300多亩水田，薅秧的时候，鱼儿在腿上穿来穿去，就像在为薅秧的人搔痒痒。有时候还会在薅秧时抓到乌龟、团鱼。黄鳝就更多了，晚上打着火把到田埂上，看到有冒水泡的地方，那定是黄鳝的洞穴，洞穴里定会有大黄鳝，有经验的人一个晚上甚至可以抓到几十斤。

家乡的鱼鳖虽然很多，但人们却不太喜欢鱼腥味，除每年清明前后会将抓回的鱼煮出来吃外，很少有人专门去抓鱼鳖、黄鳝来吃。如果抓到乌龟，一般会放到粪坑里养着，更不会吃它，家乡人认为乌龟是有灵性的动物，有灵性的动物是不能吃的。

大约20世纪60年代初，我们生产队在西河拦起一道石河堰，安装了小型水轮泵，由水轮泵带动发电机、打米机。还修建了水磨坊，由水轮带动磨盘磨面，带动石磉碾米，带动轧花机、梳花机加工棉花。从那时起，我们生产队就照上了电灯，吃上了机器打的米，磨的面。尤其是那台梳花机，方圆数十里仅此一台，周边生产队给社员分了棉花，都会来这里梳理，每年这个时候，水磨坊便会排起长队，热闹非凡。

我们生产队还办起了榨油坊、压面坊等队办企业，加上蔬菜队、西河码头渡船等收入，到 20 世纪 70 年代中期，一个劳动日最高就可以挣到 8 毛钱，最低也在 6 毛以上。与当时许多生产队不同的是，我们生产队的工分标准很高，根据劳动强度的不同，男劳动力最高可以评定到每个劳动力 10 分工分，女劳动力最高可以评到 8 分工分，而绝大多数生产队男的最高只能挣到 9 分，女的最高只能挣到 7 分。每年年底分红时，扣除口粮钱、粮食加工费、电费等，80% 的家庭还能领到几十元到几百元的现金，百分之百的家庭都能分到上千斤水稻、小麦、玉米等粮食和数十斤花生油、菜籽油，有几年还分到过棉花籽油和蓖麻油，尤其是人口多的家庭，分到的粮食会更多。除每家每户自留地种植各种蔬菜外，生产队还种有几十亩白菜、胡萝卜等蔬菜，每个人至少可以分到好几十斤。

从我记事起，我们生产队的队长就由一位蒲姓志愿军退伍军人担任，蒲队长一辈子保持着志愿军军人的吃苦耐劳精神和雷厉风行的军人作风。每天早上5点半左右，家家户户的有线喇叭里就会响起他催促起床出工的声音，吃过早饭和吃过午饭后，他也会在喇叭里催促大家。他的家里安着一台收扩两用机，既可以播放电台新闻，也可以向全队社员讲话。从20世纪70年代起，公社建起了广播站，除每天一次本地自办新闻节目外，主要转播中央人民广播电台和县人民广播站的节目。蒲队长特别重视各家各户墙上安装的小喇叭，随时都会抽空去逐户查看，一旦出现问题，他会立即通知公社广播站的专业人员及时维修。蒲队长还有一个习惯，随时都看见他在田间地头到处转，其实他是在踏勘哪里可以开荒，哪里可以修水库、堰塘，哪里可以将旱地改成水田。转来转去，就转出了10多口大大小小的堰塘，转出了300多亩水田，也使得全队男男女女顶着星星出工，背着月亮回家。

1966年，家乡遇上了百年未遇的特大旱灾，直到6月底还未栽上红苕，几百亩水田也干得裂开寸宽的口子，队长急得吃不下饭睡不着觉，正在全队社员像队长一样急得没了主意的时候，三台县运来了两台20马力的柴油机，通过两级提灌，将西河的水提到了已经干涸的堰塘中，再从堰塘里放到四面八方的稻田里。三台县还送来了上千斤的苕藤。那时我虽然很小，也在一个晚上跟着大人到 10 多里外的公路边去背苕藤。记得晚饭是借一户农家的两口大锅煮的，生产队带去了两种白米，一种是水碾碾出的糙米，稍微有点黑，一种是打米机打的精米，很白。我先盛了一碗精米饭，有个大人说，另外那锅糙米饭香得很，吃完精米饭后，我去盛了一碗，果然很香，给我留下了终生的印象。在三台县的支援下，虽然遇到了大旱，我们生产队的粮食仍然获得了大丰收。

我的小学和初中时光是在家乡的大队小学和公社的中心小学渡过的。初中的时候，因离学校较近，可以不住校，每天早上天还没大亮，大人们起床出工的时候，我也跟着他们一起下地去干活儿挣工分，有时候干到 9 点过还不收工，我心里就非常着急了，生怕上课会迟到，这时候就会请示队长能不能让我提前收工上学，队长答应之后，我就急急忙忙往学校跑，早饭也就吃不成了。下午 4 点过放学，回家之后书包一放就又扛上锄头下地干活儿，可以记半个下午的工分。我读书的时候，常常只能吃两顿饭，有时候是赶着上学顾不上吃早饭，有时是中午太阳大不想回家吃饭，遇到这种情况，母亲就将饭留到铁锅里，严严实实盖上锅盖，等我下午放学回去后，饭还是温的，匆匆忙忙吃完之后，又赶去参加队里的劳动。星期天、节假日我们这些中学生也必须参加生产劳动，跟着社员们除草、翻地、割麦子、摘棉花，跟着他们扯起百瓦电灯泡挑灯夜战修水库，跟着他们平整秧田、担粪追肥、挑水抗旱，农忙的时候，和他们一起在地头吃蒸红苕喝酸菜汤，吃人平一斤半白米煮出来的大米干饭。那时候虽然感觉很累，却精神愉悦，浑身充满了活力。上初中那几年到底挣了多少工分，我并不知道，也不关心，估计应该把自己的学费和口粮钱挣够了。我们那时候没有家庭作业，劳累一天后，晚上就着挂在厨房柱子上的昏暗电灯如饥似渴地读从学校图书室借来的文学、科普等图书，所有的劳累都烟消云散了。

西河以它温暖的怀抱呵护着两岸勤劳的乡民，以它甘甜的流水孕育着两岸朴实的子孙后代。如今，西河下游的升钟大坝将其拦腰隔断，形成了全省最大的蓄水工程，虽然昔日清澈见底、鱼鳖成群的西河已不复存在，但浩瀚的水库又形成了另一道靓丽的风景线。

我常常回到老家，站在水库边努力寻找儿时的记忆，在我的心目中，西河还是那个西河。

过 河

　　剑阁之南有一个小山村叫红岩，那是我魂牵梦萦的故乡。

　　红岩坐落在西河岸边。西河是一条美丽而富饶的河，河水清澈见底，鱼鳖成群结队，她给两岸村民带来财富和欢乐的同时，也带来了麻烦。

　　西河宽两百余米，最浅处不足1米，最深处达数十米。乡政府驻地复兴场就在对面，一眼便能看到，却要走近1个小时。早些时候，河里没有船，20世纪50年代初修建的一座踏水桥也被一场汹涌的洪水冲垮了，村民要到公社办事或到离故乡最近的金仙、兴隆等场镇赶集，就只能光着脚从浅处蹚水过河。冬天河水冰冷，就像有无数只钢锥往腿上猛刺。为了过河，这样的痛苦尚能忍受，可夏天就不一样了，夏天河水一般比冬天要深得多，还经常涨水，村民们要是有急事，比如有人生病要到公社卫生院请医生，学生要到公社学校上学，就只得将衣服顶在头上，冒着生命危险从齐腰深的河水里慢慢往对岸蹚。这种时候，最怕河里来"贼娃子水"，明明艳阳高照，没下过一滴雨，上游却突然冒出一道水墙，山一样地压过来，蹚水过河者几乎没有一个能逃脱被洪水吞没的厄运。后来有人想出了办法，或用门板，或用打谷子的拌桶，或用插秧的木盆当渡河工具，虽然冬天再不用赤脚过河遭受冰冻之苦了，可夏天河水太深也无法使用，更重要的，由于门板、拌桶、木盆体量太小，载不了几个人，还容易侧翻，因此，常有人因使用这些工具而落水，甚至命丧西河。

20世纪60年代初，生产队用了数吨木材，耗时数月，终于造出了一只大木船。木船下水那天，就像过节一样，全队百多号人聚在河边，远近的乡民也跑来看热闹，人们将碗粗的圆木支在沙滩上，一边喊着号子，一边推的推，拉的拉，齐心协力将数吨重的木船送到了水里，从此，西河红岩段就有了一个叫作金刚石的渡口，村民们再也不用冒着风险蹚水过河了。

有了船，当然得有船工。在西河当船工可不是一件容易的事儿。首先，你得有力气，平时用一根四五米长的木棒撑渡，没有足够的力气是将船撑不动的，遇到涨洪水的时候就更需要力气了，那时候西河的河面会陡然增宽好几倍，洪水咆哮，像炸雷一样数里外都能听到，水流湍急，像野马狂奔。遇到这样的情况，至少要3个以上力气很大的人才能摆渡过河，两个人驾桡，一个人掌舵，尤其是舵手，不仅要有力气，还要有高超的掌舵技巧，稍有差池，横渡时船头就会朝下，顺着激流疾奔。最要命的是，生产队在渡口下游拦起了一道两米高的石河堰，修建了水碾、水磨，还安装了轧花机、梳花机，利用河水作动力搞加工业，虽然极大地方便了村民，可也带来了一定安全隐患，涨洪水时，石堰处会形成一道陡坎，如果操作失误，木船冲到此处便会一头栽下，造成船散人亡的严重后果。

父亲有幸成为金刚石渡口的3位船工之一，他和大叔是仅有的两位能在洪水中掌舵的高手。每次父亲在洪水中掌舵，我们一家人就会站在岸边，一颗心被提到了嗓子眼，一直看到那只船像个醉汉歪歪斜斜地漂向河的对岸时，才能将悬着的心放下来。每次洪水中摆渡，父亲都必须参与，有时由他亲自掌舵，有时在船上指导其他年轻人，如遇年轻人操作失误，他会立即抢过舵来力挽狂澜。有一年，父亲有事外出，轮到一年轻人摆渡，谁知一场大雨后，河里突发大水，恰遇生产队有人生了急病，要上公社卫生院请医生，那位年轻船工不知道天高地厚，竟不顾别人劝阻，在父亲不在船上的情况下去作掌舵人。开始的时候，还很顺利，可是船一到河中心的激流中，由于年轻人操作不当，船头突然朝下，顺着咆哮的河水箭一般地疾驰而下，一船人吓得绝望地呼救，但岸边的人也无能为力，只能眼睁睁地看着，撕心裂肺地呼喊着，幸运的是，木船经过那道石河堰，在一船5个人都抱定必死无疑的绝望时居然翻了过去，顺流漂了5千米左右被冲进了一处河湾，人和船才得以脱险。从那以后，没有我父亲和大叔在船上，涨大水的时候，再没人敢去冒险了。

船工是个苦差事。冬天河风瑟瑟，河水冰冷，撑船人迎风站在船头，冻得清鼻涕直流，手握结着冰霜的木篙，钻心的疼痛。记得1975年的那个冬天，大部分竹子、桉树都被冻死了，从不结冰的西河居然有了薄薄的冰层。由于我父亲和大叔都到其他生产队支援修水库了，临时由年近七旬的大爷爷顶替撑船。那天清晨，因船绳没有系牢，夜里起了大风，木船被刮到了河中央，为了不耽误学生到公社小学上学，大爷爷脱下衣服游过去将船捞到了岸边，学生虽然安全地过了河，大爷爷却因受了风寒一病不起，永远地离开了我们。

我这个船工的后代，有时候也会顶替父亲当起撑船人，感受冬天那种钻心的寒冷。但我觉得这还不是船工最苦的，最苦的是在夏天，夏天火辣的太阳晒得人汗流浃背自不消说，最怕的是天下大雨，雨大了河里要涨水，一涨水，除了渡河困难外，船工晚上必须在河边守夜，随时观察水位的涨落，涨水的时候，要将系船的位置往上移，防止船被洪水冲走，落水的时候，要将位置往下移，防止搁浅。最怕的是遇到雷雨天气，尽管雷鸣电闪，船工也得冒着被雷电击中的危险坚守河边。后来父亲发现了河边的一处岩洞，虽然仅能容下一个人，在里面铺上稻草，也可以躲避风雨，临时蜷缩一会儿。我担心父亲一个人在河边守船寂寞，更担心他遇到什么危险，下雨的时候就陪他一起去守夜。父亲总是把岩洞让给我，自己却披着蓑衣戴着斗笠坐在河边的一块大石头上守着在风雨中晃动的木船，他像一尊雕塑坐在大石头上的形象永远刻在了我的心中。

20 世纪 70 年代，西河下游的升钟拦起了一道大坝，建成了全省最大的水利工程升钟水库。80 年代初开始蓄水，西河河面陡然增宽了好几倍，靠木船渡河更加困难。为了方便村民过河，国家出资建造了一只铁皮机动客运船。渐渐地，用于捕鱼和运输的小型机动船也多了起来。再后来，为了连接 302 省道，又建造了一只可以运载汽车过河的大型机动船。机动船的速度比起木船快了好几倍。但由于湖面超过千米，过河最少也得半个小时以上，如遇刮大风的天气，还是不敢开渡，老百姓过河难的问题仍然没有得到彻底解决。2006 年，新华社记者关于升钟库区行路难、上学难、就医难、用水难、用电难的一篇内参引起了政府的重视，四川省人民政府做出了升钟库区扶贫开发的决定，四川省领导亲自抓这项工作。2011年，一座长1.1千米、宽9米、气势恢宏的公路大桥终于横跨在宽阔的湖面上，家乡父老乡亲过河仅需10多分钟，从此过河不再难。

交通的便利为家乡的发展插上了腾飞的翅膀。如今，走进家乡，犹如走进了一幅美丽的画卷：升钟湖绿波荡漾，翠角山苍翠欲滴，一幢幢小洋楼拔地而起，一片片果园硕果满枝，美丽的风光和丰富的水产资源吸引了南来北往的游客垂钓，家乡已成为川北独具特色的乡村乐园。

从涉水过河到木盆摆渡，再到木船摆渡，再到机动船摆渡，最后有了一座彩虹般的跨湖大桥，家乡迈着蹒跚的脚步走到今天，家乡还会迈着铿锵的脚步走向未来。

山路弯弯

门前是西河，背后是翠角山，从家到西河是 500 米下坡路，从家到翠角山是 500 米上坡路，蜿蜒如蛇的山间小路从那座掩映在翠竹中的土墙青瓦四合院通向四面八方。

我的人生从这里出发，一路跌跌撞撞地走到现在。

一

在我未满 6 岁的时候，就瞒着父母跟着几个大孩子到 5 里路外的大队小学报名读书。老师把小学一年级的课本发给我，我领了书高高兴兴地回家，等着父母夸奖我。一直等到天完全黑定之后父母才拖着一身疲惫回到家里，听说我已经报了名要去读书，不但没有夸我，反而让我第二天就去把书退了，等到7岁之后再去读。他们是怕我年龄太小，一个人到几里路外的大队小学读书，他们不放心。刚满7岁的时候，紧挨我们生产队的柳树湾办起了小学，距离我们家只有1里多路，我便在那里报名上了小学一年级，一个学期没有读满，那所学校就停办了，全部学生被转入了距离我家5里路外的大队小学。大队小学共4个年级，仅有1名老师，4个年级的课程全部由他1个人上，我既是一年级的学生，也是二、三、四年级的旁听生。现在回想起来，这样的复式教学也有一定好处，它让我提前预习了高年级的课程，激发了我想学到更多知识的欲望。老师叫黄继文，据说他仅有高小毕业的学历，但他在我们的心中却是知识渊博的学问家。他和蔼可亲，从不打骂学生，学生和家长都非常尊重他。黄老师是外地人，吃住都在学校里，上完课还要自己操劳一日三餐。若干年后我也当了教师，黄老师关心爱护学生的师德深深地影响了我，我前后从教15年，也没有体罚过一次学生。我努力像黄老师那样用自己的教学艺术去吸引学生愉快地学习，用自己的品行去点亮学生的心灵，去影响学生的日常行为，让他们在轻松的氛围中学到知识，在良好的环境中健康成长。

大队小学虽然只有一个班和一个老师，但语文、算术、音乐、体育、美术，所有应开的课程都开齐了，甚至还安排了课外活动。我小时候特别喜欢打乒乓球，也喜欢上音乐课。我一直对乐器感兴趣，在大队读初小时就学会了吹笛子，拉二胡，若干年后当了教师，我还学会了敲扬琴。记得小学四年级的时候，公社中心校搞文艺调演，黄老师为我们排练了藏族舞蹈《毛主席派人来》，没有藏族服装，他就让我们舞蹈队的学生每个人准备一套中山服，然后在中山服的前胸和袖子上用糨糊粘上他剪的藏族服饰花纹，只穿一只袖子，将另一只袖子扎在腰里。没有想到，我们到中心小学演出的时候，居然得了不错的名次。四年级读完之后，我顺利地考入高小，到中心校读五六年级。第一次登台的成功，使我更加喜欢参加文艺表演活动。有一年，全公社举行文艺汇演，我登台表演呱哒板《三个美国佬》，我滑稽的动作引来了满场观众的阵阵哄笑和热烈的掌声，可是在演出快要结束的时候，意外却出现了，由于表演得太陶醉，太用力，我腰上拴着的烂布条裤腰带突然断了，我一只手提着快要落下的裤子，一只手拿着呱哒板继续表演，全场观众笑得前仰后合，将演出推向了更为欢快的高潮。后来我在复兴小学初中部读初中的时候，学校排演川剧《红灯记》，原定由我出演李玉和，但因我的个子有点矮，就换了另一位同学，而我居然跟着川剧师傅学起了鼓师。

在我认识了一些常用字的时候，我就爱上了读书。小学三年级的时候，我就阅读长篇小说《三家巷》，很多字不认识，我就跳开读，后来读《西游记》，读《红楼梦》，也是采用的这种方法。我从小学养成的读书习惯至今未改，一生读的书自己也记不起有多少本了。我读书有个习惯，只要是书我都要读，没有书，捡到一张字纸也会认真读下去，文学、历史、自然科学，能找到什么就读什么。《三国演义》《水浒》《西游记》《红楼梦》《说唐》《镜花缘》《三言二拍》《三侠五义》《二十年目睹之怪现状》《红岩》《青春之歌》《欧阳海之歌》《雷锋之歌》《放歌集》《平原枪声》《铁道游击队》《林海雪原》《家》《春》《秋》《战火中的青春》《烈火金刚》《野火春风斗古城》《上海的早晨》《苦菜花》《艳阳天》《金光大道》《基督山伯爵》《巴黎圣母院》《安娜卡拉尼娜》《红与黑》《牛虻》《钢铁是怎样炼成的》《蛇岛的秘密》《植物记》《电的秘密》等等等等，如果要列一份小学、初中时所读的书单，可能要写满一个厚厚的笔记本。那时候大队小学也有个小图书室，书不多，但公社小学的图书室可供借阅的图书就很多了，更幸运的是，我遇上了两个民间藏书家，一个是大队医疗点一位母姓赤脚医生，他初中毕业，收藏的基本是文学作品和医书，另一个是我们生产队一位何姓社员，他本来是德阳一所技校的学生，因精简机构学校停办回家当了农民，他虽是理科生，却藏有很多长篇小说。

与书籍的亲密接触，使我从小就立下了雄心壮志，一定要考上大学，大学毕业后争取当工程师，或者当专业作家。为着这个梦想，我铆足劲头读书，从小学到初中，一直是班上位列前几名的优等生。小学毕业后，大队办起了初中班，我只好回到大队读初中一年级，只读了半年，大队初中就撤销了，我又回到公社小学继续读初中。我读初中时，学校就分快慢班，我自然被分到了快班。语文老师郑钟南虽然是中师毕业，但语文功底扎实，教学效果超过了一些老牌大学生。我的语文成绩在全校小有名气，作文经常被郑老师作为范文在班上朗读，而我真正喜欢的却是物理和数学。那时候大刀阔斧地推行教学改革，提倡学生上讲堂。物理老师罗彦杰让我讲一堂示范课，我很爽快地承担了这个任务。面对几十个同班同学，我一点儿也不紧张，课上得很轻松。现在已不记得当时上的什么内容，只有一个细节还记忆犹新，我在课堂上举了一个刚刚从书上学到科普知识，我说世界上有一种超级冰，它的温度可以达到上千度，同学们都感到非常新奇，世界上居然还有那么高温度的冰呀！那堂课的效果自然非常好，罗老师对我的讲课给了高度评价，以后就更加重视对我的培养，希望我将来能够在物理学科方面有所造诣。

写作也是我从小的最爱。还在小学六年级的时候，我的作文就被展示在学校的一张大黑板上，同时被展示的还有校长写的诗歌和我的语文老师写的文章。初中的时候我就写长篇小说，写格律诗。现在翻开当时的文稿，我仍然十分惊讶，简直不敢相信那些东西居然出自我这个初中学生之手。

我踌躇满志地学习，仿佛一只腿已经跨进了梦寐以求的高中校园，我在心里无数次地想象着高中校园的美丽，想象着高中老师知识的渊博，我为我即将成为一名神往已久的高中生而感到暗自欣喜，因为我早就听说停办几年的高中即将在我们毕业时恢复招生。终于毕业了，县上统一举行了高中入学考试，试题并不难，我答得很轻松，答完题后估算了一下分数，自觉成绩不会低，考入高中是稳稳当当的。考试结束后，我们快班的同学都怀着焦急的心情等待领取高中录取书，甚至有人约我一起结伴到新学校报到。可我们做梦也没有想到，等来等去，我们班居然只有一个人领到了录取通知书！看到十多个慢班同学领到了通知书后的欣喜若狂，我的心里就像有无数把尖刀在戳。后来我才搞清楚，这次高中录取有一条年龄限制的硬杆子，成绩考得再好，超过规定年龄一天也不能录取，而我的年龄刚好超了一个月！不是真正的超龄，而是人口普查时父亲将我的年龄报大了。这真是一个晴天霹雳！难道我的大学梦，我的工程师梦，我的作家梦就这样成为泡影了？我记不起那个人生中最艰难的时光我是怎样挺过来的。

<h1 style="text-align:center">二</h1>

　　于是，我成了回乡知青。由于我们区的几个公社植被普遍很差，煮饭烧火的柴草十分紧缺，就没有安置城市下乡知青。我们生产队除了有七八个回乡的初中生外，还有两个高中生。回乡知青其实就是农民，唯一的区别就是没有结婚的初中、高中生都有被推荐招干的资格，大中专学校恢复招生后，有和下乡知青一样被推荐上大学中专的资格。

　　遭受了一段时间的痛苦煎熬后，我慢慢地接受了现实，老老实实地当起了农民。当了农民还是不服气，总在心里反复追问，为什么我这样的优等生不能上高中，而那些成绩远不如我的同学却仅仅因为户口登记的年龄优势而能进入高中深造？我在心里想，高中有什么了不起？不读高中难道就不能上大学？于是我暗暗下定决心，一定要在两年内自学完高中的全部课程。可事情却没有那么简单，我首先碰到的难题是没有高中教材。就在一筹莫展的时候，罗彦杰老师向我伸出了援手，为我提供了他3年高中所学的全部教材。但他们那个时候学的教材跟后来的完全不同，比如外语，他们学的是俄语，而后来学的是英语。本来外语就是我的致命伤，我们读初中时其他课程都开齐了，因没有英语老师，就没有开英语课。虽然现在重视的是英语，很少有人学俄语了，但是没办法，我手里只有俄语教材，那就学俄语吧！我碰到的第二个难题是，所有的课程都没有老师教，全靠自己学。因我没有时间经常去请教罗老师，他只教我学会了俄语的36个字母。罗老师告诉我，俄语的语法很复杂，但只要掌握了36个字母的读音，读单词还是没有问题的，而字母最难学的又是弹音，我尽管努了很大的力，却始终没能学好。

我始终记住伟人的一句话："要自学，靠自己学。"我在心里暗暗鼓劲，华罗庚只是一个初中生不也成了大数学家吗？沈从文只是一个小学毕业生，不也成了大作家吗？我为什么不能自学成才？我每天披着星星下地劳动，顶着月亮收工回家，学习时间从哪里来？只有利用一切可以利用的空隙，抓住一切可以抓住的机会挤时间学。每天3顿饭，我的饭桌上总会摆上一本书，一边吃饭一边看书，书成了我最好的下饭菜。我常常盼着天下大雨，下大雨就无法出工干活，我就可以待在家里认真读书。夏天最热的时候，往往会推迟下午出工的时间，我便利用等待出工的那几个小时，冒着满头大汗拼命学习。没有老师指点怎么办？遇到不懂的地方，我就反复看例题，咀嚼书上的讲解。在老教材还没学完的时候，我终于想办法找到了新教材，也不学俄语了，改学英语。我找的英语教材是别人已经学完了的，为了方便，书的主人在英语单词和句子下面全部标注了汉字读音，虽然不够准确，但也给我提供了一定的方便，只是因为那之前从未接触过英语，学习效果不是很好。除了学习课本知识，我还阅读了大量的文学作品，征订了几份报纸和杂志。那几年我们生产队不仅农业生产走到了全公社的前面，思想政治工作在县里也有一定影响，全队几十户人，不管文化程度多高，几乎都自费订有报纸杂志，不少户还订了《人民日报》，我当时也订了《四川农民报》《西藏青年报》《绵阳报》和《四川文艺》。

回乡当农民的6年多时间里，我一面拼命自学，一面拼命争着好好表现，我的目的只有一个，就是想尽千方百计争取被推荐出去读大学。按照当时的规定，无论你是高中毕业生还是初中毕业生，只要结了婚就没有被推荐的资格了。农村有一个固有观念，叫作早生儿子早享福，男孩子到十五六岁时就会有人上门提亲了，虽然我家并不富裕，但我们一家的勤劳和善良是公认的，上门提亲的人络绎不绝，不管对方条件多么优越，都被我坚定地拒绝了，我发誓，推荐不出去，我就一辈子不结婚！

我们生产队是全公社闻名的先进生产队，也是全公社劳动最艰苦的生产队。修堰塘，挑秧田，开荒地，队长带着大家起早贪黑，拼着命地苦干，总想让社员们的收入多一些，日子过得好一点。我虽然只有十五六岁，也干着壮年劳动力一样的活。不是队长硬要安排我，而是我自己争着去干。到我终于离开农村外出求学时，队里的所有农活我都干过，抬石头、挑大粪、背公粮、栽秧、割麦、耕田、耙地，甚至还摆过渡，烧过砖瓦。白雪皑皑的冬天，我扛着犁头耕冬水田，刺骨的冰水淹到肚脐部位，像有无数把钢锥在往身上扎，我跟在别人后边滑动犁头，也不管是否耕在泥土上，只管一犁一犁地滑着走。有一次，我跟着一个年长的社员耕用来栽秧的旱坂田，尽管田里放满了水，但泥土仍然很板结。那个社员在前面犁，我跟在他后面犁。犁头在田里滑来滑去一个上午，到收工的时候，我才发现犁头上的铧不知道什么时候就掉了。显然，我的犁铧根本就没有钻进泥土里。那位年长的社员明知道我一个上午连一犁土也没有耕上却假装不知道，他是在心疼我，照顾我。

那时我年轻气盛，总想显示自己很有力气，常常千方百计找机会展露自己。有一次，一伙血气方刚的小伙子聚在一起比输赢，先是比一个人扛一节8个眼的抽水机生铁引水管，好几个小伙子很轻松地就将一根五六米长、碗口粗的生铁管扛走了。就有人提议，试试将两节管子连起来抬，看能不能抬动。怪异的是，两个都能扛得动一根铁管的人，合起来抬接在一起的两节铁管时，除了一个年轻人外，其余全部败下阵来。我一时冲动，要去试试自己行不行，遭到众人阻止，我仍然坚持要试，大家见劝不住，只好配合我，起步的时候，几个年轻人站在我身边，轻轻扶着铁管，万一承受不了铁管的压力迈不动脚步时，他们就立即将铁管从我肩上接下来。没想到我居然坚持抬了 100 多米，在大家七嘴八舌的劝说下，我才放下了铁管。还有一次，我独自一人到公社去背磷肥，50 斤 1 包的磷肥，我只要背两包就算完成任务了，那天居然背了 5 包，加起来足足 250 斤！磷肥体重，因包装小，受力面积也小，同样重量的东西，背起来就会感到更加吃力。我那时又矮又瘦，250 斤磷肥压在我的背上，就像压上了一座翠角山，只能一寸一寸地移动脚步。背了近两千米路到了西河石堰，乱石垒成的石堰坑洼不平，我实在没力气移动脚步了，汗水像涌泉一样从我身体的每一个部位冒出来，湿透了身上那件窟窿连着窟窿的单衣。就在我停在石河堰上进退不得的时候，我的弟弟赶来了。他年龄比我略小，力气比我大得多，最终艰难地将那 250 斤水泥背到了生产队的保管室。回乡当农民的那几年，干力气活儿成了家常便饭，我多次背一百三四十斤高粱爬 20 多里山路到金仙粮站交公粮，背几十斤蚕茧到金仙茧庄卖茧子。同样怪异的是，茧子虽然只有三四十斤，却越背越重，后来悟出道理，茧子里面的蚕蛹还是活体，背篼晃动使蚕蛹不停地蠕动，所以增加了重量。最恼火的是，我们天还没亮就动身，到了茧庄时，白晃晃的蚕茧早已摊满了茧庄大厅，一般要等到下午五六点钟才有机会过称，我们饿着肚子选好茧子，还得饿着肚子等着过称，最怕的是当天收不了，如果那样，晚上就只有在茧庄大厅里蜷缩一夜了。

我们生产队有100多号劳动力，社员们一个比一个能吃苦，干起活来一个比一个更拼命。全队分3个作业小组，我们小组的组长姓肖，他浑身有使不完的力气，挑水抗旱，他的木桶比我们的大得多，水桶上肩，健步如飞，几十个人挑着水桶跟在他的后面，形成长长的队伍，我个子矮腿短，总是落在队伍的最后面满头大汗地追赶。有一年大旱，我们连续挑了十多天粪水浇灌旱坂田里的玉米苗，肩上压着沉重的担子，双脚踩在坚硬的土坷垃上，就像踩在刀尖上。我实在受不了，扁担一甩，坐在地上喘着粗气，嘴里喃喃自语："这辈子考不上大学，走不出大山，我干脆就不活人了！"组长看到我的样子说，你不要跟我们比，你少挑几担又没哪个扣你工分。

我更加积极地表现，和民兵排长一起组建了文艺宣传队，我给宣传队写剧本，亲自上台表演节目，组织举办了3次文艺晚会，将宣传队搞得红红火火。我在队长的支持下办起了农民夜校，不仅教社员识字，还教他们唱歌，组织他们学习报刊上的文章。1974 年，全县召开了隆重的先进教师代表大会，我被推选为先进教师出席了表彰大会，会议期间，一位参会的小学校长突然得了急病，急需输血，我的血型刚好合适，一次输了 300 毫升，输完后继续参加会议，没有额外补充任何营养。

为了有更多的时间读书学习，我向队长提出让我参加棉花专业队喷洒农药。为了使农药能够发挥最大威力，喷洒农药一般要选择太阳最火辣的时候。早上有露水不能喷洒，下午四五点以后太阳逐渐落山，也不宜喷洒，所以喷洒农药的人要等到中午 10 点钟左右才出工，下午 4 点以后就可以收工了，这样我就有了半天左右读书学习的时间。除棉花虫，主要打剧毒农药，如 1605 和 1059，这两种农药特别厉害，打了这两种药后要插上警告牌，严禁 500 米以内靠近人畜。因误入禁区而中毒丧命的事时有发生。我那时太年轻，完全不把剧毒农药当回事，没有任何防护措施，甚至连口罩也不戴，有时候手压喷雾器坏了就自己动手修理，药水常常溅到我的脸上也不顾，这导致我喷洒了两年农药，体力明显不如以前了，队长就不让我打农药，将我分配到蔬菜队跟几个老头管理蔬菜。蔬菜队种了十几亩包菜和红萝卜，我们的任务是给蔬菜追肥，每天将各家各户的尿水收集起来，或者到各家各户露天厕所担挑粪水浇灌蔬菜，虽然肩膀磨起了死茧，但比起其他活路还是相对轻松一些。

1975年的冬天是历史上最冷的一个冬天，连西河也结了冰，房前屋后成片的竹子被冻死了，田边地头碗粗的桉树也被冻死了。从12月份开始，全大队劳动力都集中在二队修水库。我们被安排住在附近的一户社员家里，我们在他家偏屋的泥地上铺一层稻草，盖着从自己家里拿来的被子，每天晚上和衣滚在稻草上，常常冻得睡不着。早上推开房门，地上、房顶上白得晃眼，全是厚厚的一层冰霜。我们扛着大锤、二锤、锄头，背着钢钎、撮箕，嘴里吐着冰冷的寒气，借着朦胧的星光出工，晚上收工回来的时候，往往天已经黑得伸手不见五指。我跟着大家挖了几天土方后，新上任的大队书记突然找我，要我在工地上办一个临时广播站，广播站办起以后，由我担任广播员，同时兼任指挥部伙食团的炊事员，我很爽快地就答应了，毕竟这份工作比起在工地上挖土方要轻松得多。每天早上，我赶在社员们出工前到工地指挥部打开收扩两用机，当高音喇叭响起的时候，社员们就知道该出工干活儿了。工地临时广播站除了转播中央人民广播电台和四川人民广播电台的新闻节目外，我还要采访工地上的好人好事，写成广播稿朗读，为大家鼓劲。我的另一个工作伙食团炊事员主要是煮稀饭和干饭，头几天煮饭，不是夹生就是焦煳，还好，指挥部的领导都没有埋怨，在大队书记的指导下，我慢慢地也就会煮了。一段时间后，又出现了新的问题，伙食团的柴草快烧完了。整个剑阁南边地区农村都严重缺少柴火，公家烧火煮饭一般都要找车到北边地区去买，指挥部就安排我和民兵连长一起到北边的张王公社采购柴火，我们找了很多关系才做通县车队调度的工作，给我们派了一辆货车。可是到张王以后，却没有买到一根柴火，而车子又不能空着回去，驾驶员就找到供销社求情，供销社答应让驾驶员拉一车生猪回县城，天已经完全黑定了他们才收满一车活蹦乱跳的肥猪。为了防止猪们跳车，车厢上罩了一层网子，我和民兵连长就躺在网子上，网子下面的肥猪拱来拱去，猪屎臭气熏天，汽车的轰鸣声和肥猪的尖叫声混杂在一起，我们还能忍受，最难受的是汽车行驶在崎岖不平的碎石公路上，颠簸得好像心脏都要被甩出来。几个小时后，我们好不容易返回县城，全身已经被灰尘裹得只剩下一双眼睛了。

我那时所做的一切，都只有能尽快推荐出去上大学一个目的，为了达到这个目的，我除了拼命争表现之外，甚至幻想搞个什么发明创造出来好被破格推荐，于是就搞了很多现在看起来十分幼稚的事情，如我将两个不同品种的小麦种子接在一起，培育杂交小麦，再如在杏树上嫁接桃树，幻想培育出新品种杏桃等等。当然，也做了一些实实在在的事情。1977年，大队办五四〇六菌肥厂，我主动要求参与。生产菌肥需要烧碱，恰好我有个朋友在县气象站，他们用烧碱制作氢气，然后将氢气灌入气球，气球带着仪器飞到高空探测气象预报所需要的数据。我便到朋友那里搞来了几桶烧碱，再买了十多瓶菌种，一个小规模的菌肥厂就建起来了，经过多次实验，终于培育出了可用的菌种，生产出了第一批菌肥，遗憾的是，菌肥还没有大面积推广，菌肥厂就下马了。

我的老家是一座建于新中国成立之前的四合院，具体是民国还是清代修建的，没有谁能说清楚。古色古香的院子在绿树和翠竹掩映下，别有一番风味。但老院子没有一口水井，人畜饮水需爬坡上坎到3里路外的一处水井挑，我家每天最少需要3担水，要等到收工之后才有时间去把水挑回来，挑水实在太累，我们做梦都想在附近挖出一口水井来。有一年，一个外地人声称他保证能够在院子附近把水找出来，他在院子周围转了3天，最后指了一个地方，说肯定有水，收了钱就走人了。院子里的几家人集资请了两个石匠，按照他指定的位置整整打了两个多月，石錾和钢钎打断了十几根，一直打到两丈多深仍不见一滴水冒出来，只好作罢，从此，院子里的人就断了打井找水的念头。1975年，成都地质学院的老师到偏远缺水的香沉公社讲水文知识，我背上铺盖卷走了几十里山路去听讲。回来后，按照学到的知识，认真观察了我们院子所处的地形地貌，发现有一处两米方圆的地方水草长得特别茂盛。顺着那个地方一直望到山顶，发现那块湿地正好处于两山相夹的凹槽位置，说明那个地方可能会有泉水。在整个院子的人都不相信有水的情况下，我一个人扛着锄头利用收工后的空闲时间打井，挖到四五尺深的时候，终于看见一股泉水冒了出来。尽管水量不大，但供院子里的人畜用水应该是没问题的。我高兴地立刻将这个好消息告诉了院子里的所有人，大家也很高兴，就一齐动手，在井壁四周垒上石块，平整好井台，一口井就这样挖成了，从此结束了缺水的历史。那口井使用了几十年，直到被升钟水库淹没为止。

我的兴趣爱好十分广泛，尤其对理科感兴趣。有一天，队上来了个外地人，自称是民间中医，周边几千米的人都来找他看病，他简直被大家捧成了神医。我忽然对中医有了兴趣，就从队里的赤脚医生那里借来《医宗金鉴》《脉理》《汤头歌》等中医名著自学起来，又找来一本中草药图谱，仔细钻研之后，很快就认识了几十种中草药。翠角山本来就盛产野生中药材，草药更是随处可见，如淫羊藿、车前草、蒲公英、夏枯草等等，我陆续采集了数十种中草药标本，挂满了卧室的墙壁。我甚至试着给人治病，居然治好了一些在医院里花钱却没能治好的疾病，如唇风、毛囊炎、瘰疬等等。

那时收音机算是奢侈品。为了收听广播，我从当教师的远房舅舅那里找来一只三极管，两只二极管，两只电阻和一只电容，从曾是军校正营职干部，20世纪50年代主动申请解甲归田的姑爷爷那里借来一支耳机，一台矿石收音机就这样组装成功了，我在房顶上架设了一根好几米高的天线，立刻就听到了来自远方的广播声。有个夏天的晚上，我戴着耳机听英国BBC的中文广播，听着听着就睡着了。一道闪电从敞着的窗户射进来，就像一条皮鞭甩在我的床沿上。强烈的电光和"咔嚓"的巨响将我惊醒，我被吓得出了一身冷汗，立即意识到是房顶上的天线引来了雷电，于是赶紧拔掉连接矿石收音机的天线，从此就留下了畏惧闪电的后遗症。我嫌矿石收音机太简单，收音效果不是很好，就想组装一台两管甚至三管的收音机，终因资金的原因而未能如愿。

为了能够扩大影响，引起重视，为推荐上大学增加筹码，我充分发挥自己的写作特长，写新闻稿，写诗歌，写散文，写小说，写了就向外投稿，县广播站就经常采用我的新闻稿。《绵阳报》创办以后，我的新闻稿和诗歌经常在上面发表，后来，《绵阳文艺》也创刊了，创刊号向我约稿，我寄去了一首诗歌，发表以后，《绵阳文艺》上就经常有了我的大名。渐渐地，《四川农民报》也能经常看到我写的新闻稿和诗歌。1975年，四川人民广播电台播发了我的诗歌《广阔天地任飞跃》，不久，《四川日报》"宏图"副刊也发表了这首诗歌，使我在绵阳地区产生了一定影响，因当时可供发表文学作品的报刊实在太少，能够在《四川日报》发表作品很不容易。记得那期副刊还同时发表了诗人张新泉、柯愈勋等人的诗歌，我能与他们同一版面发表作品，感到很荣耀。

1972 年，县上在合林接待站举办文艺学习班，我有幸参加了，1973 年，县上举办新闻培训班，我又有幸参加了，两次培训学习，使我不仅结交了很多年轻朋友，还认识了不少县上相关方面的领导。我还多次参加绵阳专区举办的文艺创作座谈会，并在大会上发过一次言，同样引起了绵阳文艺界的关注。1975 年的某一天，一位皮肤白皙、文质彬彬的人突然来到我的家里，我简直惊呆了，没想到那人竟是县广播站的编辑李金河老师，李老师是四川大学中文系的毕业生，他在县上的新闻培训班上给我们讲过课，加上我是县广播站的老作者，进城的时候喜欢到编辑部看看，李老师就跟我成了老熟人，他有时候还会请我到他家里吃饭，给我资助一些进城的路费。但他从 160 多里的县城突然来到我家，却使我感到很意外，更使我意外的，是他大老远地来我家，竟是专程通知我到县广播站去实习。实习时间为半年，实习期间每天发给我 7 角钱的生活补助，规定自己留 3 角作为生活费，给生产队交 4 角，由生产队给我记工分。我实习期满回到生产队后，生产队不仅没让我交 1 分钱，还给我每天记 10 分工分。那半年，我的实际收入达到了 40 元以上。在广播站实习期间，我除了和李老师一起编辑广播稿件外，还跟他一起背上笨重的电子管录音机到水库工地上现场录音，到田间地头采访先进典型，到县级机关组织新闻稿件，广播站的所有职工都把我当成站里的一员，对我格外关照，尤其是王银生站长，更是给了我无微不至的关心。

1976 年 3 月，县委宣传部通知我到化林大队体验生活，化林大队是四川农业学大寨的一面红旗，能到那里体验生活是我想都不敢想的事情，接到通知后，我特别兴奋。到了化林后我才知道，体验生活的目的，是要集体创作一个参加绵阳专区农业学大寨川剧调演的剧本，和我一起创作剧本的还有县进修校李左人老师、县农机修造厂王炎生厂长、县文化馆邹振常馆长、化林大队著名诗人张丕利先生、龙源中学音乐教师王成贵老师，白龙中学教师凌大才等。由邹振常馆长担任创作组组长，县委宣传部部长姚福田、县委宣传部副部长、县文教局局长漆远伦两位领导直接抓这项工作。最初的安排是由创作组集体创作一个剧本，但讨论剧本提纲的时候，始终难以形成一致意见，领导研究后决定每人写一个剧本，然后由专家和领导确定两个相对较好的剧本，分别由县川剧团和化林大队文艺宣传队排练后参加调演。令我没有想到的是，最后选择的竟是我和李左人老师的剧本，我的剧本由县川剧团排练，李老师的剧本由化林大队文艺宣传队排练。我在县川剧团跟演员们一起摸爬滚打了几个月后，川剧《风口岭》终于与观众见面，在旺苍片区参加调演的时候，受到评委和观众的好评，还到白水煤矿做了慰问演出。

三

从 1973 年开始，我就有了被推荐上大学的资格。按照推荐程序，先要召开生产队全体社员大会推出一个名额，再由大队组织社员代表和大队干部将各生产队推荐出来的人进行再推荐，上报公社，公社由贫协代表、公社干部、大队干部组成推荐小组，由推荐小组按照县上分配的大学、中专推荐名额推出最终人选。我们大队每年只有一个向公社推荐的名额，我如果被大队推上去了，公社一点问题也没有。生产队推荐的时候我每年都很顺利。队上本来有两个高中生，他们虽然都报了名，但明知道大多数社员都会推荐我，都没有跟我争，包括后来几次，我弟弟和两个堂兄弟都符合条件，也没有跟我争。为了使推荐万无一失，每年招生简章出来后，生产队几个有影响力的社员都会提前给其他社员打招呼，让他们推荐我，县上的相关领导也提前给区上的领导打招呼，区上的领导又给公社的领导打招呼。记得分管文教卫生的副县长、县委宣传部秘书、县委宣传部部长、文教局长、文教局副局长等都给区委副书记打过招呼，区委有关领导每年都要给公社的主要领导打招呼，一旦推到公社，上大学就基本没啥问题。我的初中老师袁加顺，公社"革委会"副主任等每年都要提前为我做各方面的工作，给我出点子，想办法，提前给我通报信息。可是，每年大队搞推荐的时候，参加推荐会的某几个社员代表都会提出我爷爷的历史问题，咬定我的政审过不了关。其实，我爷爷仅仅是新中国成立前在县警察局当过一段时间的小小警长，清理阶级队伍时作为人民内部矛盾被下放回原籍当了农民。就因为他们抓住了我的这根"软肋"，每次推荐，双方都争得面红耳赤，争的结果是一个都没能推出去。推荐几年，我们大队年年都剃光头。每刷下来一次，我的精神就要崩溃一次。1976年，在县、区、公社和生产队社员的努力下，我总算被推荐出来了！得到消息的时候，我兴奋了一夜。第二天一大早我就拿着填好的登记表到大队部去找大队长盖公章，只要公章一盖，把表送到公社，我的大学梦就指日可待了！然而，到了大队部后，大队长走亲戚去了。因当天就得把推荐表交到公社，找不到大队长，盖不了公章，我的材料就送不到公社，一切的一切就成了泡影！县上关心我的领导知道这个情况非常生气，他们给公社下了死命令，第二年，也就是1977年，必须把我推出来，如果再推不出来，就不通过大队、生产队和公社了，直接由县上当特殊人才推荐我去上大学。

我万万没有想到，春节刚过就传来了大中专学校招生将不再采取推荐的方式，将恢复中考和高考的消息！刚得到这个消息，我简直如五雷轰顶，人一下子就瘫了。考中专，我一点也不虚，但我的目标是考大学，中专想都没有想过。慢慢地冷静下来一想，考就考，我也不怕，根据以往的考试情况看，所有的考试科目都只是考初中的知识，不会考高中的知识点，心也就渐渐地平静下来了。过了一段时间，有人给我寄来了一份外地的高考试题，我一下子就傻眼了，外地的高考试题主要以高中知识为主，文科要考语文、数学、历史、地理、政治，理科要考语文、数学、物理、化学，幸运的是，当时还没有将外语纳入考试内容。我立即决定报考文科。语文用不着复习，历史、地理、政治没有教材，我就写信让在外地工作的朋友帮我找了一些零星的资料。我的复习难点是高中数学，虽然曾经自学过，但这是高考，与平时的学习是两码事。于是，我集中全力复习数学，下决心要将这块硬骨头啃下来。生产队也大力支持我，不再给我安排农活儿，让我在家里集中精力学习。每天早上，天刚有一点亮色，我就爬起来看书，晚上就着 15 瓦的昏暗电灯光一直学习到一两点钟。我反复钻研每一章节的例题，认真做课后的习题，遇到做不出来的习题，我又返回去研究例题，从中找出解题的思路。尤其难啃的是应用题，我反复研读题目文字，一条思路走不通，又换另一种思路，直到将题正确地解出来。有一次，队上的一位高中生到我家里来请教我一道应用题的解法，我们两个做了一个下午也没能把那道题解出来，他走后我继续解那道难题，反反复复研究了几个小时，终于攻克难关，将那道题解出来了，我高兴得飞奔到他家里，告诉他那道题的解法，难题虽然是我解出来的，但我们两个都特别高兴。复习历史、地理、政治，主要靠死记硬背，我到屋后的山坡上找到一个安静的环境，一个人大声读一阵又默默记一阵，只是没有统一的教材，我只能学习我手中现有的资料，这些资料是否是高考的内容，我也不管它。

两个月后，区上组织所有考生到区中学集中复习，很多高中生居然向我这个初中生请教高中数学问题，更增加了我参加高考的信心。正式报名的时候，区上负责报名的是我的一个小学和初中的同学，他是我们班上唯一一个读了高中的人。他那时从农村抽调出去，临时留在区上负责团队工作。区上安排他负责高考报名，我找到他的时候，他很肯定地告诉我，我只能报考中专，不能报考大学，因为我只有初中学历。我说招生简章上的报考条件是具有高中学力，是力量的力，不是经历的历。他还是坚持说我不符合报考大学的条件，我这下傻眼了。情急之下，马上乘公共汽车到县里找文教局的领导，局长不在，副局长和教育局干部接待了我。副局长对我说，报考条件要求的是高中学力，不是高中学历，即使要求的学历，你的水平早就超过高中了，也符合报考的条件。他安排局里的干部给我写了个证明，盖上文教局的鲜红印章，我拿着这份证明返回区上才报上了名。

那年高考是秋季举行的。全县有5000多考生报考文科，5000多考生报考理科，考政治、语文、数学、史地4科，每科满分都为百分。我当时答题很自信，很轻松，遇到难题，我想的是连我都答不出来，其他人肯定也不行。几堂考试，监考老师随时都站在我的旁边看我答题，我就更加有了自信心。考完之后，我和其他考生一起对答案，这才发现，竟然把小学学的最简单的分数题答错了，最难的高中应用题反倒答对了。我认为除语文之外，政治题做得最好，所以填报志愿的时候，我只填中文和政治两个专业。考完不久，我与李左人老师、张丕利先生、脚印女士一起到绵阳参加地区召开的文艺创作会议。一到会场，带队的部长就迫不及待地问我考得怎样？我回答考得还可以。吃过晚饭后，我与部长一起在地区招待所的院子里转路，他告诉我，县上要从农村招一批干部，部长有意将我招到县委宣传部，他问我是想招干还是想读书，我很坚定地回答他，我想读书。我在心里想，我做了近20年的大学梦，怎能轻易地放弃呢？部长又告诉我，剑阁师范要办高师班，专门培养中学教师，问我愿不愿意读。本来我心里一万个不愿意，但部长那么关心我，我不好意思拒绝。我想，万一其他大学录取不了，我又不答应读剑阁师范高师班，那我不就落榜了？我听说第二年高考要考英语了，我的外语只是自学了一点点，哪里应付得了考试？我当时就答应了部长，还让他费点心帮忙关照一下。在焦心的等待下，高考终于有了结果，当年的试卷统一在绵阳地区阅，不公布成绩，只公布进入预选的名单，剑阁理科上线的大概有七八十个考生，文科只有22个考生，我作为单科成绩特别优秀，总分成绩也上了线的特殊人才也名列其中。当时四川只有不到5所大学有文科专业，其余全是理工科专业，文科考上的难度很大。尽管如此，我还是做着被四川大学或者西南师范学院、南充师范学院录取的美梦。在等待录取通知书的那段焦心的日子里，我最怕的是因为答应了部长，会不会被剑阁师范提前录取？在别人都还没有拿到录取通知书的时候，我终于在期盼中等到了通知书，真是怕啥来啥，录取我的就是剑阁师范文科班！在伤心了好几天后，最后作了决定，放弃剑阁师范，明年再考，一定要考上大学！但我的父母以及生产队的社员们都极力劝我去读，说，好不容易跳出农门，你却要放弃，万一明年考不上怎么办？在大家苦口婆心的劝说下，我只好很不情愿地去上了学。就在我上学没几天，全国很多大学都在四川补录，而我已经被录取了，当然就没有补录资格了。后来我才打听到，与我一起被预选的另外21位文科考生都早已被其他师范类学校的高师班或者文科类的中专录取了，剑阁没有一个文科考生上了大学。失去了补录的机会，我只好在剑阁师范安心读书了。半个学期后，学校到绵阳专区抄回了我们的考试成绩，我的语文考了88分，那年是百分制，规定单科成绩在80分以上的就可以破格录取，没想到，我竟然被剑阁师范"破格"了！那份成绩单上，我的政治成绩只有44分，我根本就不相信这个成绩，在我将各科成绩加了一边后，我的精神简直快要崩溃了，这个政治成绩居然没有给我加上！也就是说，最后加总分的时候足足给我少算了44分！如果不出现这个意外，我上四川大学的分数都绰绰有余，上我报考的第二志愿南充师范学院更是没有一点问题！这真是命运捉弄人啊！我赶紧给尚未撤销的绵阳专区招生办公室写信，要求查阅我的分数。大约半个月后，我收到了招生办的回信，回信说，成绩确实加错了，但现在已无法纠正，向我表示歉意。这样的答复后来被从剑阁抽调到绵阳招生的两位老师证实了，他们很是为我惋惜。尽管遭遇到这样的沉重打击，我的大学梦仍然没有破灭。我们文科班完全是按照中文专科的规格开设课程的，开有《现代汉语》《中国古代文学》《现代文选》《写作》《哲学》等课程。任《中国古代文学》课的是雍思政先生，他是四川大学中文系的毕业生，住在学校，有一间专门的书房，他给我配了一把钥匙，方便我每天下晚自习后到他的书房里自学本科的课程。我先后学完了《语言学概论》《文学概论》《古代汉语》等本科课程，还读了大量古今中外的文史哲著作。

毕业分配的时候，有关领导打算将我留在师范学校任教，但未能得到绵阳地区文教局领导的批准。他让我在几所高完中和初级中学中选择去向，宣传部领导也有意将我分配到县委宣传部，我却毫不犹豫地选择了离县城最远的一所老牌初级中学任教。我之所以做出这样的选择，是考虑那样的学校压力不大，我可以腾出时间来继续读书。

1980 年，恢复研究生招生，提倡不拘一格选拔人才，我有了报考研究生的念头。就在那一年，我写了篇《文艺创作，形象思维和逻辑思维的统一》的论文，提出文艺创作不只需要形象思维，还需要逻辑思维。在这之前，文艺创作只能用形象思维几乎成了定论，我这篇论文率先提出了全新的观点。我在文中举了两个例子，一个是裴多菲的诗"生命诚可贵，爱情价更高，若为自由故，二者皆可抛"是家喻户晓的名诗，却很少形象，而打油诗"天上一笼统，地上黑窟窿，黄狗身上白，白狗身上肿"是典型的形象思维，却只能算是打油诗。文章写好后，我寄给了中国社会科学院文学研究所。一个月后，我收到了一封来自北京大学的信。打开以后，信笺的头子是"中国社会科学院"，再看信的落款，居然是著名文艺理论家蔡仪先生！这封信整整写了3页，很明显，是蔡先生的亲笔信。蔡先生就是提倡文艺创作必须用形象思维的，他却充分肯定了我论文提出的观点。随信还寄来了一份社科院当年的研究生试题，要我报考他的研究生。如果我读初中时开设了外语课，我肯定就毫不犹豫地报考了，因我的外语基础太差，思来想去，只好放弃了。后来，四川大学中文系系主任唐正序先生也给我来过一封短信，让我报考他的研究生，都因外语这个拦路虎使我失去了报考的信心。

最令我们想不通的是，当年剑阁师范招收的是高师班，培养的是中学教师，学的也是专科课程，毕业的时候却给我们发的是中师文凭！就在我刚分配不久，川北教育学院开始招收3年制专科函授生，南充师范学院在我们毕业前招收的5年制本科函授也可以中途插班，很多人劝我去报名参加学习，都被我拒绝了，我那时想的是，我不仅学完了专科的课程，连本科的课程都学过了，就差一张文凭，去函授学习没有实际意义。可是到后来，文凭的作用越来越凸显，实在没有办法，我还是报考了川北教育学院的专科函授。这个函授学制3年，除了经常面授外，还在校本部集中学习了一个学期，我利用脱产学习的机会阅读了大量作品，3年学习期满后我顺利地拿到了专科文凭，又考取了四川教育学院汉语言文学专业的函授本科。在省教院，我利用脱产学习的时间写出了12万字的《中学生古诗词读本》，该书由陕西人民出版社出版，还被推荐参加第六届金钥匙图书奖的评奖，同时主编了近30万字的《精要语段导读》，由成都科技大学出版社出版，更大的收获是，认识了出版社的责任编辑黄文龙老师，从此成了几十年的至交。

四

以后我的工作多次变化，但读书写作的习惯始终没有变，至今已在各类报刊发表文章百余万字，出版和主编著作13部，获奖数十次。尤其是我在学术刊物发表的系列文史研究论文，引起了极大反响，得到了原四川大学博物馆馆长、《珊瑚岛上的死光》作者童恩正教授的充分肯定，四川大学博士生导师胡昭曦教授也在他的学术著作《四川书院》中引用了我有关文贞书院的文字，西南师范大学卢华语教授针对我在《四川文物》上发表的《魏征生地质疑》的文章，在《西南师范大学学报》发表长文与我争鸣，邓氏家族因我考证邓艾墓真伪的文章而确认剑阁北庙孤玉山的邓艾墓是其先祖的真墓，由族人出资百余万元维修了墓地，并组织全球邓氏族人到此祭祖。我作为主研人员5次承担省级研究课题的撰稿，并荣获一次四川省哲学社会科学优秀成果奖。我的长篇小说《椅子湾》在北京王府井、中关村等实体书店上架，短篇小说集《凡人俗事》在文轩书店上架，引起了一定反响；文史著作《文化剑阁》发行1万余册，受到了读者的好评。我发表的多篇文章被《读者》《文摘周报》《扬子晚报》《江南晚报》等报刊转载，产生了一定的社会影响。

我一生最羡慕的职业是当大学老师，后来终于有机会圆了这个梦想。剑阁电大招收全日制专科生后，我被聘为兼职教师，主讲了《现代汉语》《中国文学》《当代文学》等课程，还承担了本科函授班《语言学概论》的教学。县委党校也聘请我承担了函授专科班的《干部实用写作》《管理心理学》《逻辑学》、本科班的《经济地理》等课程的教学，老年大学聘请我主讲了《国学基础》。兼职上课促使我更加努力地学习，我得先自己学好，才能把课讲好。我的一生都在拼命读书学习，学习已经成了我生活中不可缺少的重要内容。

1998年，我评上了中学高级教师职称，2006年，我评上了编审职称，我连续四届被评为广元市科技拔尖人才，并被评为广元市首批蜀道英才文化领军人物，我的人生虽然跌跌撞撞，但总算有了收获。

老家前面是河，背后是山，现在蜗居在小城，前面仍然是河，背后仍然是山。

山路弯弯，我将继续前行。

我被川剧撞了一回腰

1976 年 3 月，县文教局将我抽调到化林大队体验生活，创作参加绵阳地区农业学大寨文艺调演的剧本。到了化林后我才知道，县上非常重视这次调演，专门成立了创作组，抽调了当时在文学创作上有影响的张丕利、李左人、王炎生、邹振常、王成贵、凌大才和我组成创作组，由文化馆邹振常馆长任创作组组长。

到化林的头一个月，我们主要是通过和当地社员一道劳动，参加大队召开的一些会议，翻阅有关的资料来搜集创作素材，基本上未接触到具体的创作。后来，大家认为材料准备得差不多了，就将 7 个人分成两个组，我和李左人、王炎生分在 1 个组，按原计划共准备两个剧本，1 个小组创作 1 个；1 个剧本由化林大队文艺宣传队演出，1 个剧本由县川剧团演出。但是在具体创作的时候，小组几个人的构思很难统一，于是又决定7个人各写各的剧本，最后再挑选两个排演。

那次的调演，规定必须是川剧，而我虽然喜欢看川剧，但对川剧的常识一窍不通，又从未创作过剧本，完全得力于当时的县农机修造厂厂长王炎生，他除了在生活上给了我无微不至的关怀，还给我传授了川剧剧本创作的基本常识，比如唱词应该怎么写，人物的上下场应该怎样安排等等，就是在他的指导下，我创作出了现代川剧剧本《风口岭》。

在剧本的创作过程中，我始终非常虚心地向每个人请教，除了向创作组的同志请教外，还有幸结识了省、地来化林体验生活的一些作家、学者。记得当时长住化林体验生活的有省川剧研究所的柯老师，有省五七艺校的伍老师等。柯老师那时已年近六十，每天吃过晚饭总要相约几个人在化林那条乡村马路上散步。从他的摆谈中，我不但了解到了他的复杂的生活经历，还学到了不少创作的经验。后来绵阳地区川剧二团又来了两位创作员，一位唐老师，一位杨老师，他们后来都成了省内有影响的剧作家，他们和我也很谈得来。我将我创作的剧本拿给他们，征求他们的意见，然后又综合组内各位老师的意见，按他们的意见不断地对作品进行润色、修改。

在整个创作过程中，县上专门负责抓这项工作的宣传部有关领导和文教局有关领导、文教局文化股有关领导等都多次专程来化林了解创作情况，解决一些创作中的具体问题。剧本写成后，由宣传部有关领导、文教局有关领导等亲自来化林审查并挑选剧本，经过反复斟酌，最后选中了我的剧本《风口岭》和李左人老师的剧本《新苗》，我的剧本能被选中，是我完全没有想到的。剧本选定之后，县上领导决定由化林大队宣传队排演我的剧本，县川剧团排演李左人老师的剧本，代表剑阁县参加调演。根据当时化林大队的影响力，估计他们获奖的可能性很大，可化林大队文艺宣传队从未演出过川剧，临时学演川剧很不现实，便改由他们排演李左人老师的《新苗》，县川剧团排演我的《风口岭》。

我结束了在化林的创作活动，带着剧本到县川剧团参加排练。县川剧团接到任务后，立即作为一项重要工作来抓，选派赵文安老师为剧本谱曲，马多福、钟金民、王翠琴等有实力的演员出演剧中主要角色，王传心老师设计舞台美术，县委宣传部有关干部自始至终蹲在剧团抓排练工作。

《风口岭》正式排练不久，恰遇农忙，化林大队决定不参加调演，左人老师的《新苗》也改由县川剧团演出。经过大约 1 个多月的辛苦努力，戏终于排出来了，预演那天晚上，邀请了县上几大班子的领导以及有关方面的负责人及部分社会群众观看，剧场里座无虚席。演员们表演很卖力，演出效果不错。演出结束后，留下县上的领导开了个简短的座谈会，记得当时的县委书记对我的剧本提了个意见，他认为把一个公社书记写成走资派有点不大合适，我当时很不服气，心想电影《春苗》中的走资派杜文杰还只是个乡卫生院的院长呢！因此，我没有采纳他的意见修改剧本。

正式的调演是在旺苍县举行的。调演分成两片，一片在绵阳，一片在旺苍，旺苍这一片有剑阁、旺苍、青川、广元几个县。我作为编剧和评论员，每天上午和晚上看戏，下午参加座谈会，对当天演出的剧目进行评判。这次剑阁一共演出了3个节目，除了左人老师的《新苗》和我的《风口岭》外，还有后来赶排的刘成业老师的《银花向阳》。

这次调演，我前后参与了好几个月，使我对川剧有了浓厚的兴趣，这种兴趣一直延续至今。

遇见文化人（二题）

看"贾宝玉"当导演

那年 12 月中旬，我去成都出差，朋友高旭帆先生打来电话，请我去他家做客。高先生是《四川文学》的编辑，他曾出版过好几部小说，后来一头扎进电视剧创作，一口气写出了 20 集电视连续剧《花季》，在全国多家电视台播出，收视率相当高；20 集四川方言电视连续剧《下课了，要雄起》也深受观众喜爱，尤其是描写道班工人生活的上下集电视剧《啊，雀儿山》，不仅获得了电视飞天奖，还获得了第七届全国五个一工程奖。

我正与高先生谈得十分高兴的时候，电视连续剧《红楼梦》中贾宝玉的扮演者、四川电视台著名导演欧阳奋强打来电话，要高先生去位于成都郊外的四川电视台外景地"老成都"，看看由高先生编剧、欧阳奋强执导的 20 集电视连续剧《风月客栈》的拍摄，高先生便邀我一起前往。

老成都古色古香的亭台楼榭，酒坊茶楼，使人仿佛回到了某个旧的时代。我们去的时候，摄制组正在一处大殿里拍摄《风月客栈》里的一场戏。《风月客栈》讲述新中国成立前夕四川一个小镇发生的恩爱情仇故事，由欧阳奋强任导演，著名演员盖丽丽出演女主角客栈老板娘，曲国强出演男主角江湖好汉，廖学秋演县长太太，王中信演袍哥大爷，廖小宣演假县长。盖丽丽、曲小强都是观众熟悉的演员，廖学秋原是川剧演员，后来涉足影视，因在《苍天在上》《杨贵妃》《逃之恋》等剧中扮演重要角色而走红；王中信是著名京剧演员，曾在样板戏《杜鹃山》中扮演过温其久，在《下课了，要雄起》中扮演过郑副厂长；廖小宣曾在《下课了，要雄起》中扮演过炒股的舒广钱。

当我们一行人走到大殿台阶上的时候，早有人通报欧阳先生高老师来了，欧阳从里间走出来迎接我们，高先生指着我向欧阳介绍，这是我的朋友。欧阳非常客气，同我热情地握手，并随手递给我一支"娇子"牌香烟，好像我们早就认识一样。

拍摄继续进行，这是一个警察局长向特派员交代工作的镜头，在荧屏上可能只有几十秒钟，可是却反反复复拍了整整一个上午，已是午后 1 点过了，生活车早已送来了盒饭，大家却顾不上吃，直到欧阳先生终于说了声"过"，两个演员才松了一口气。

我提出同欧阳先生合影，他十分爽快地答应了，高先生随即拿出他的相机，为我们拍下了难忘的镜头，我也给他递上了我的名片，并邀请他来剑阁观光、做客，他又爽快地答应了。看到欧阳先生忙碌的样子，我不想过多地耽误他的时间，便与王中信、廖小宣等几位等待拍戏的演员闲聊，当他们听说《下课了，要雄起》在我家乡的电视台播出收视率相当高时，都非常高兴。

2008 年汶川大地震后，欧阳先生随省文联慰问团到剑阁演出，因我是组织者，我们又见面了，我们在后台闲聊，谈起那次看他拍电视的事，他居然连一些细节都还记得。

又见熊召政

知道熊召政这个名字，是在 20 世纪 80 年代初，那时他是诗人，我是他的诗歌爱好者。第一次见到他是在 2005 年的 10 月，那次他与陈忠实、王旭峰、刘玉明等茅盾文学奖获奖作家一起走进天下雄关剑门，我作为县文联主席、作协主席和当地领导一起陪同他们，但没有机会与他近距离接触。游完剑门雄关之后，当地领导想请几位作家留下点墨宝，没想到陈忠实和熊召政很爽快地就答应了，陈忠实挥笔写下了"我来剑门不骑驴"几个遒劲的大字，熊召政稍加思索，就写下了"此日此身来剑阁，铅云犹自压雄关，今朝行旅如春鸟，不解诗人蜀道难"。我不懂书法，只觉得他的字写得飘逸俊秀，很有大家风范。

再一次见到熊召政，是他的《张居政》刚刚获得全国"五个一"工程奖不久，湖北电视台、北京电视台与一家影视公司合拍电视专题片《三国志》，他陪同摄制组再次走入剑门。虽然上次我和他几乎没有直接交流过，可是一下车他就认出了我，并且像久别重逢的老朋友一样感到亲切。谈到剑门蜀道的历史，谈到剑阁的三国典故，他滔滔不绝，令我这个也算是剑阁通的当地人着实吃惊不小。

熊召政作为文化名人，既是这部片子的策划，也在这部片子里担任解说，我有幸被他拉了进去，也客串了一下解说的角色。因此，我有机会和他随意交谈，我们谈历史、谈文学，也谈到了他的《张居政》，谈到了他的书法艺术。对于他的书法艺术，我曾在《文学自由谈》二、三、四期上连续看到过关于"北贾南熊"说法的讨论，这些讨论，无论正面还是反面的，都使我对熊召政的书法艺术以及价值有了更深的了解，于是就产生了向他索要墨宝的想法，我原以为他会随便为我写几个字，没有想到，他只是稍微沉思，一首诗就冒了出来："又到重阳前，初晴过剑门，危峰清若洗，飞鸟去还停，秦塞花连阁，巴山月驻邨，关前寻旧迹，一笑送铅云。"像上次一样，一首诗竟在不到3分钟时间内就一挥而就，令人不得不佩服。看到这样一首绝好的诗作和漂亮的书法作品，我请他给一起陪同的县委宣传部部长也留上一幅墨宝，他又是很爽快地就答应了，还是不到3分钟，一首诗又写成了："媚娘去后江还在，水绕山依草木娇，满眼繁华开欲笑，秋光不语自妖娆。"这两首诗，不仅意境深厚，善于用典，而且符合旧体规范，显示出他的历史知识和文学功力。

家乡的年俗

　　我的家乡位于剑阁南边一个叫作长岭的地方，不仅风光旖旎，而且有着奇特的民风民俗，春节的习俗更是与众不同。

　　家乡和其他的乡村一样，进入腊月，年味儿就立刻浓了起来。初八、十八、二十八，家家户户都要煮腊八饭，家乡的腊八饭，是凑够8种豆子，加入咸肉熬粥，当家家户户房上的炊烟渐渐散去之后，整个村子就弥漫着浓浓的豆香，这时候，乡村就变成了"香村"。

　　家乡把除夕叫作三十夜，除夕上午一般都要干农活，下午各家各户都要做3件事，一是打扫阳尘，二是傍晚的时候到坟地给已故的亲人烧纸钱，三是准备年夜饭。家乡的年夜饭一般都少不了两样食品，一是豆腐，二是米豆腐。米豆腐是剑阁地区常见的一种食品，是将大米磨浆，加入白碱蒸熟，冷却后切片炒制，米豆腐具有健胃消食的功效，可以帮助消化腊月三十夜暴饮暴食的大鱼大肉。家乡把腊月三十这一天作为一年的总结和家人团聚的日子，除已经出嫁的女儿之外，所有的家庭成员都要聚在一起。已婚的女性如果在娘家过大年三十夜，就会遭到嘲笑，被认为穷得连年都过不起了，要到别人家里去过。三十那天的早饭和往常一样，不会做什么好吃的，但午饭却有讲究，有的人家煮豆腐臊子面，面条是加盐的纯手工挂面；有的人家煮酸菜米粥，酸菜是将青菜放到滚水中烫一下，迅速放到密闭的容器中发酵几天之后形成的一种酸味食品。三十的晚饭，是一年中最为重要的一顿饭，辛辛苦苦积攒了一年的好东西都得拿出来，按照家乡人的说法，一年忙到头，三十夜那顿都吃不好，这人就活得太窝囊。家乡的年夜饭一般吃得较晚，吃完晚饭，还要烧水洗膝盖，这是要洗去一年的贫穷、辛劳和一切不顺心的事。晚上还要守岁，守得越长越好，那时候没有电视机，守岁时烧堆柴火，一家人围在火塘边聊天吃瓜子、糖果，过了12点后才上床入睡。

大年三十重在"吃"字，可以说是家乡的美食节。正月初一重在"玩"字，是一年中最欢乐、最放松的一天。和腊月三十相反，这一天不能睡懒觉，起得越早越好，尤其是男人们，要早早起床去挑井水，谓之抢"金银水"，抢在前头挑回第一担水，新的一年定会财源滚滚。大年初一的早上不能随便说话，得尽量保持沉默，尤其不能说不吉利的话，说了不吉利的话，来年就会走一年的霉运。早上也不能扫地，是怕把运气扫走了，也不能梳头，是怕梳头会招来虫害。家家户户的早饭都是伴着红萝卜颗粒的干饭，象征来年的日子过得红红火火。早饭做得很多，有的人家的红萝卜干饭要一直吃到正月初六。吃过早饭，三五成群走出家门，聚到一起开展各种各样的娱乐活动，或打牌，或赶集，或聚在一起摆龙门阵。早在 20 世纪 60 年代中期，我们生产队就建起了一个小篮球场，每年正月初一上午都要举办篮球赛，小小的球场就会围得里三层外三层，掌声、喝彩声不绝于耳，将春节的气氛引入高潮。下午，要走亲戚的人便可以走亲戚了，已婚的女性吃过早饭也可以回娘家了。

从正月初二开始，又恢复了平日的生活，闲不惯的人就开始下地劳动，即便是正月初七人过年，也仍然不会闲着，只是午饭做得好一些。正月十四、十五是过小年，所有习俗都和腊月三十、大年初一一样，只是没有大年初一那么多的禁忌。正月十五一过，按照民间的说法，年也就被老鹰叼走了。

家乡过年虽然有着很多的习惯和禁忌，但却充满着传统的文化气息，弥漫着浓浓的年味儿，如今，许多习俗已经逐渐改变，年味儿也越来越淡化了。

闻溪河记忆

闻溪河已经算不上河，最多是一条沟，一条没有水流的干河沟。

发源于五指山的闻溪河曾经像一条绿色的飘带，穿过古城普安，清清的河水像流动着的血液，一路欢歌着注入滔滔的嘉陵江。不知从什么时候起，闻溪河由绿色的飘带变成了弯弯曲曲的乌蛇，再没有多少"血液"注入嘉陵江了。

于是我就常常怀念闻溪河还是河的时候。

那时候，闻溪河的水是那样的清，清得能看见河底的卵石，能看见水里穿梭的鱼儿。悠闲的古城人站在那座百年石桥上，看水中嬉游的鱼儿，看白发冉冉的老者垂钓，看偶尔划过来一只小渔船，看船上蹲着的几只长嘴鱼鹰，看渔翁撒网，看网上挣扎的肥鱼。

闻溪河的另一道风景是在夏日。晚饭后，男的、女的、老的、少的，泡在清清的河水里，沐浴着夕阳的余晖，享受着河水的清凉。闻溪河河床不宽，由浅入深，浅的地方水未没膝，是小孩们的乐园，深的地方可达数米，是游泳健儿一展身手的好处所。河底是一色的卵石，不见一丝泥污，河边是青青的水草和各色的野花，清香缕缕，沁人心脾。成百的红男绿女泡在一尘不染的河水里，听见的是俊男俏女的朗朗笑声，闻到的是水草野花的扑鼻芳香，那份惬意真是无法言表。

像少女一样温顺的闻溪河也有发生悲剧的时候，悲剧的主角往往是那些水性很好的游泳健将，正因为是健将，他们才敢"击水三千里"，到深潭里去比试高低。再好的马总会有失蹄的时候，于是，每年都会有一两个游泳高手葬身在清澈见底的河水里。

于是，闻溪河就成就了一位舍己救人的英雄。他叫任健操，生前是县人民检察院的干警。1987年夏天，闻溪河涨水，任健操路过河边的时候，看见一位年轻妇女被围困在河中央的一个小岛上，眼看就要被河水吞没，他连衣服都顾不得脱掉，就毫不犹豫地跳进水里，救起了奄奄一息的年轻妇女，自己却被河水夺去了宝贵的生命，那时，他还不到30岁。

后来，随着古城人口猛增，加上其他原因，闻溪河的水渐渐干涸了，变成了一条臭水沟，冬天垃圾成堆，夏天臭气熏天，再也没有了从前的风光，到闻溪河游泳变成了一种美好的回忆。老人们总喜欢回忆闻溪河的过去，年轻人听老人们讲从前的故事，像是在听人讲天书。

1998 年的一场千年罕见的特大洪灾，冲垮了古城上千间房屋，冲走了居民无数的洗衣机、电冰箱、电视机，也彻底荡涤了集聚在河沟里的垃圾，闻溪河又成了一条名副其实的河。可惜好景不长，随着洪水渐渐退去，闻溪河又还原成了一条干河沟。

闻溪河的变化敲响了环保的警钟。也是 1998 年，剑阁县委、县政府组织古城人民开展了轰轰烈烈的创建省级卫生县城和保护母亲河的活动，在全体居民的努力下，闻溪河终于甩掉了臭水沟的帽子，变成了一条干干净净的小河。如今，古城车流如潮，停车便成了大伤脑筋的事情，于是干涸的河坝便成了雨季来临之前的临时停车场，一眼望不到头的各种颜色的小车、大车整齐地停放在河坝里，形成了古城的又一道风景线。

西水泱泱

想起了两首诗

"沧浪之水清兮，可以濯我缨，沧浪之水浊兮，可以濯我足。"我想起这首诗，是因为我老家的小院子坐落在西河岸边，大型水利工程升钟水库建起之后，在家门口就可以濯脚。

我还想起了一首诗，那是我们村里的一位老先生所作，诗曰："西水泱泱，翠角苍苍，母系宗族，山高水长。"其实，那时候的西河水还谈不上"泱泱"，翠角山也谈不上"苍苍"，升钟水库蓄水之后，"泱泱"和"苍苍"才算名副其实。

我是喝西河水长大的。孩提时代，我和小伙伴们常常在西河里嬉戏。回乡当农民的时候，我和村里的父老乡亲一起治理西河，流下不少辛勤的汗水。参加工作以后，我生活在古城闻溪河边，领略了闻溪河的喜怒哀乐，目睹了闻溪河的种种变迁。一度时期，我离开闻溪河，到新县城喝着另一条河的水，但西河、闻溪河仍然常常在我梦中萦绕，孩提时代的种种美好记忆始终难以抹掉。

听林业部门的同志讲，西河、闻溪河这两条母亲河均被列入市级湿地保护区，我为此感到十分高兴，于是决定重新走进西河、闻溪河的怀抱，去追寻从前的足迹，捡拾梦中的记忆。

西河、闻溪河均发源于剑阁五指山，是县境内的主要河流。西河于南充市汇入嘉陵江，剑阁县境内流长118千米。闻溪河全长59千米，于剑阁县境内的江口汇入嘉陵江。2004年，剑阁县人民政府将闻溪河、西河确定为县级湿地自然保护区。2005年，广元市人民政府将其批准为广元市第一批湿地自然保护区。闻溪·西河湿地自然保护区是以河流湿地生态系统与野生动植物资源为保护对象的永久性河流湿地自然保护区，主要保护对象是湿地水环境、生态系统以及野生动物资源。通过落实行之有效的保护措施，保护区的生态环境和动植物资源有了明显的改善。

河水甜到了心里

刚刚下过一场暴雨，我和县林业局的小何去了位于西河边上的长岭乡。长岭是我的故乡，从十几岁走出这个地方，我就很少回去。过去窄窄的河床不见了，眼前是一望无涯的宽阔水面，大大小小的机动船在河中穿梭来往，人流如织，笑声如潮。远处的翠角山巍峨挺拔，苍翠葱绿，近处的多处提灌站机器轰鸣，汩汩清泉正一路欢歌流向碧绿的稻田。

小何告诉我，剑阁幅员面积 3200 平方千米，是典型的山区农业县。保护区内地表水主要来自大气降水形成的地表径流，地表水资源丰富，多年来，年平均降水总量都达 30.65 亿立方米。西河为县境内流域面积最大的河流，达 1235 平方千米，河道起点高程 670 米，出境平均流量 12.8 立方米 /s，最大洪峰流量 707 立方米 /s，平均年径流量为 4.5 亿立方米。升钟水库建成后，西河从长岭到柘坝一段蓄水量增加了上百倍，从根本上解决了沿岸 7 个乡镇的灌溉和人畜饮水问题。小何同时向我介绍了闻溪河的水资源情况。闻溪河发源于县境，并在县境内注入嘉陵江，虽然河道狭窄，全长不到 60 千米，但流经剑阁老县城普安镇，千百年来，默默地滋润着老城数万人口，是老城百姓的生命河。闻溪河源头出境高程414米，落差301米，流域面积536平方千米，径流总量2.35亿立方米。除闻溪河因老县城生活和工业污水污染较为严重外，西河以及众多的支流因沿岸很少工业企业，人口相对分散，基本上属于轻度污染，西河部分地区的河水甚至可以直接饮用。

我一边听小何介绍，一边伸手捧起清凉的河水，猛一口喝下去，竟一直甜到了心里。

想抓条鱼来亲一亲

就在这个时候，我忽然看见一大群鱼儿在水里畅快地往来穿梭，我弯下腰，想抓一条起来，鱼儿却一下子全被惊走了。小何笑着说："这样宽阔的水面，咋个抓得着哟！"我说，这些鱼儿太可爱了，想抓一条亲亲它们。小何说，这很简单，你吐口唾沫，它们马上又会回来的。我于是吐了口唾沫，奇迹出现了，一大群鱼儿重新聚集拢来，少说也有几百尾。我完全被眼前的奇观吸引住了，立即拿出相机按动快门，留下了这珍贵的画面。

小何继续向我介绍，闻溪·西河湿地保护区内动植物资源十分丰富，水生动物主要包括鱼类、虾类和贝类，区内水生动物主要包括鱼类、虾类和贝类，据统计，保护区共有鱼类126种，其中鲤形目3科，鲇形目4科，鲈形目5科，占总科数的75%，仅鲤科鱼类就有97种，占全部鱼种的76.98%。在闽溪河、西河河段，有高体近红鲌，黑尾餐和细鳞裂腹鱼等，还有国家二级保护动物胭脂鱼，省级保护动物岩原鲤、细鳞裂腹鱼，其他还有鳡、重口裂腹鱼、青石爬鳅、异鳔鳅鮀、中华鳅等。主要经济鱼有大口鲇、圆口铜鱼、长鳍吻鲌、细鳞裂腹鱼、长薄鳅、鲤、鲫及粗唇鮊、光泽黄颡鱼、凹尾拟鲿、乌苏拟鲿、切尾拟鲿、鲇等，其他经济鱼类有蛇鮈、福建纹胸鳅，小型鱼类麦穗鱼、波氏栉鰕虎鱼、棒花鱼、鳑鲏鱼等。

小何还介绍，除了水生动物，陆生动物也很丰富，主要有两栖爬行类动物、鸟类动物和兽类动物，其中，两栖动物有蛙科、蟾蜍科，爬行动物有游蛇科、壁虎科、石龙子科、龟科、蝰科，爬行动物的主体是东洋界成分，但有部分古北界的种类，东洋界的动物如铜蜓蜥、古北界的动物如乌龟、赤练蛇等。鸟类以东洋界成分为主，如白鹭、噪鹛类、钩嘴鹛类等，古北界鸟类有普通鵟、雀鹰等，广布种如红隼、苍鹭、麻雀、大山雀等。保护区共有鸟类213种，隶属17目42科，有留鸟108种，夏候鸟71种，冬候鸟14种，旅鸟20种，以留鸟和夏候鸟为主，主要分布于保护区的闽溪、西河的沿岸林区及其他乡镇林区。兽类共有68种，分属7目25个科，种类最多的是啮齿目，共有22种，其次是食肉目有16个种，食虫目14个种。主要有竹鼠科、猴科、灵猫科、穿山甲科等属于典型的东洋界鸟类，古北界如灰麝鼩、大耳蝠、巢鼠、小家鼠等，广布种如赤狐、黄喉貂、黄鼬、水獭、豹猫、野猪、草兔等。保护区内重点保护的珍稀野生动物主要有豹、林麝、大灵猫、小灵猫、猕猴、豺、中华秋沙鸭、白冠长尾雉、红腹锦鸡、鸢、苍鹰、普通鵟、白尾鹞、红脚隼、红隼、血雉、红腹脚雉、勺鸡、大鲵、中国林蛙、胭脂鱼、岩原鲤等。陆生植物有维管植物1772种，隶属于184科744属，其中蕨类植物有174种，裸子植物24种，被子植物1574种。

听了小何的介绍，我忽然感觉西河、闻溪河不仅是动物的天堂，植物的乐园，也是一个庞大的自然博物馆，是人与自然和谐相处的最好见证。

白鹭又飞回来了

站在古城普安的东门桥上，我看见闻溪河里站着几只悠闲的白鹭，一抬头，一大群白鹭正沿着闻溪河的上空在翱翔。我还看见桥上以及河边的所有人都在驻足观看。一个满头白发的老者竟兴奋地喊出了声："白鹭，你又飞回来了！"

我的脑海里立即跳出了两句诗："两只黄鹂鸣翠柳，一行白鹭上青天。"

河里站的是白鹭，天上飞的是白鹭，沿河两岸涌动着喧闹的人群，这样的情景竟然真真切切出现在近10万人口的古城里，构成了一幅何等美丽的画卷！

在我的记忆中，闻溪河有白鹭还是20世纪六七十年代的事情，后来，白鹭突然销声匿迹了。现在，久违了的白鹭又出现在眼前，难怪人们要像迎接久别的亲人一样欢呼它们的归来。

还是小何使我解开了白鹭归来的谜底。

过去，西河上游的开封、王河一带建有多家企业，其中，建于开封的机砖厂、缫丝厂，建于王河的纸厂等小型企业，由于环保措施不到位，污水大量排放到河水中，对河水污染较为严重，加之上游几家国有大型企业排放生活和工业用水，致使西河水质量很差。闻溪河上游分布着植物油厂、淀粉厂、乳酸厂、绸厂等县办企业，大量工业用水排放到河里，老县城普安镇居民的生活污水也源源不断地流向河里，加上河道里成堆的垃圾，致使河水乌黑，臭气熏天。

20世纪90年代末，县里开始整治西河流域的环境，先后关停了县机砖厂、王河纸厂、县缫丝厂等，使西河的水质有了明显改善；对闻溪河上游的工厂实行治污处理，不仅安装了排污管道，还建起了多处污水处理池，并经常组织县城职工清理河道里的垃圾，闻溪河的河道逐渐变得干净了，河水也变清了，市民终于有了舒适干净的生活环境。

行之有效的保护措施，使闻溪，西河湿地保护区的环境有了明显改善，湿地的森林覆盖面积在 20 世纪 70 年代的基础上增加了数十倍。如今，保护区内到处郁郁葱葱，鸟语花香，各种陆生动物和水生动物也成倍繁殖。尤其是升钟水库建成以后，宽阔的水面和优质的水资源为各种水生动物提供了生存和繁衍的良好环境，水生动物的品种和数量都有了很大的增长，不仅改变了生态环境，而且为当地居民带来了一定的经济效益；森林覆盖率的提升，为各种陆生动物提供了生存和繁衍的良好空间，很多过去已经濒临灭绝的陆生动物如今又经常出现在保护区内。

是的，闻溪·西河湿地自然保护区的建立，有效地促进了剑阁经济社会的发展，尤其对剑阁生态环境的改善起到了极其重要的作用，随着保护措施的进一步完善，闻溪·西河湿地自然保护区将会变得更加美好。我在心里默默地祝愿，被闻溪、西河水抚育着的家乡的父老乡亲们，也像那位老先生的诗句那样"山高水长"。

走进剑门蜀道

畅享青山绿水，相伴鸟语花香，走进剑门蜀道，就走进了大美画卷；触摸秦砖汉瓦，感悟唐风宋韵，走进剑门蜀道，就翻开了文化大书。

剑门蜀道是一处神奇的自然宝库。

峰峦叠嶂，山川奇秀，四季分明、风清气爽。这里森林覆盖率达到 51.45%，柏木林面积稳居全省之首；古树名木达到 2 万余株，马尾松、栎树、桤木、银杏、香樟、飞蛾树、红豆、剑门兰草等植物达到 300 余种；牛羚、金钱豹、香獐、猕猴、剑门画眉、黑熊、大鲵、白尾鸡、猎隼、红腹锦鸡等野生动物近千种。这里是生灵的乐园，这里是动植物的天堂。

剑门蜀道是一条悠远的畅达古道。

早在先秦时期，这条大道就已成为蜀地与中原相连的重要通道，它横贯秦巴山脉，向北直抵长安，由长安通向中原，通向海外；向南直达云南，沿茶马古道走向东南亚，走向世界。它是比古罗马大道还早、当今世界上保存最完整的古代陆路交通"活化石"。

剑门蜀道是一座不朽的文化丰碑。

这里有先秦金牛道，蜀汉剑阁道，唐、宋、元、明、清古驿道，它集"官道、商道、战道、人文道"为一体，展示着蜀道文化、关隘文化、三国文化、大唐及诗歌文化、宗教文化、民俗文化、红色文化的独特魅力。

"蚕丛及鱼凫，开国何茫然""地崩山摧壮士死，然后天梯石栈相勾连"，李白《蜀道难》的诗句，道出了古蜀道的形成过程；五丁开道，秦惠王伐蜀的故事记载着剑门蜀道的悠久历史；战国文物及秦砖汉瓦见证了剑门蜀道深厚的文化积淀。

聆听剑门蜀道，满耳皆是神奇故事；走进剑门蜀道，无处不是秀美风光。

剑门雄关峭壁连绵，两崖对峙，其势如门，因其"壁立千仞，穷地之险，极路之峻"，数以"天下雄关"著称，它是蜀北之屏障，两川之咽喉，为历代兵家必争之军事要塞。孔明在这里立关，刘备从这里过关，姜维在这里守关，三国遗迹随处可见，三国故事广为流传。陡峭的百里绝壁、笔直的石笋峰、险峻的天梯峡、青悠的翠屏峰形成了奇特的自然景观，古关楼、梁山寺、姜维祠展示了辉煌的历史文化。剑门七十二峰构成了独特的丹霞地貌，既有北国山岳雄浑的壮丽景观，又有南国旖旎的风光情趣。

翠云长廊以剑州古城为中心，南至阆中，西至梓潼，北至昭化，全长300余里，现存古柏9233株。拦马墙、石洞沟、大柏树湾，古柏苍苍，古道依旧，古韵犹存，苍翠的千年古柏，宽敞的石板大道，承载着蜀道文明发展的脚迹，留下了享誉世界的壮美奇观。

剑州古城为四川省历史文化名城，明代古城墙、箭楼、钟鼓楼、红军十大政纲石刻、校场坝清代及民国建筑群、文庙、二贤祠、"坐而言"茶楼等名胜古迹保护完好，漫步古城街头，满目古风古韵，仿佛时光倒流。位于城区的鹤鸣山唐代道教石刻造像群、李商隐《重阳亭铭》碑刻、颜真卿书法《大唐中兴颂》摩崖石刻等国家级文物保护单位谓之"三绝"，贵为国宝。

国家级重点文物保护单位武连觉苑寺始建于唐代，总建筑面积1957平方米。其大雄宝殿四壁有14铺、两百余幅明代所绘佛传壁画，壁画描述了释迦牟尼一生的传奇故事，构图严谨，前后一气呵成，画面缜密宏大，造型优美，运笔娴熟，色彩典雅富丽，有着极其重要的文物价值。

人称"小九寨"的茶园沟由碧绿的海子、奇特的山峰构成，山上有水，水中有山，棘人崖、熊人崖两岸对峙，美女峰亭亭玉立，苍松翠柏郁郁葱葱，鸟语花香四季如春。

剑门蜀道，无处不展示着大美奇景。

剑门蜀道，无处不演绎着历史弦音。

鸿业远图，竿头日进，新时代增添新举措，古蜀道展现新气象。相关部门十分重视对剑门蜀道的保护工作，2014 年，剑阁县人民政府出台了《剑阁县翠云廊古柏自然保护区管理办法》，要求保护区实行县、乡（镇）两级行政首长负责制和离任交接制度。2018 年 7 月 19 日，成都、德阳、绵阳、巴中、南充、广元、汉中、陇南 8 市领导共同签署了蜀道申遗保护联盟备忘录，共谋大保护、共享大发展。从 2014 年开始，投资上千万元，对拦马墙至柳沟段的古道石板路进行了修复。在加大对剑门雄关、翠云廊、鹤鸣山、觉苑寺壁画等重点风景名胜保护利用的基础上，加大投入对西河市级湿地保护区、五指山自然生态园、茶园沟等进行了开发建设。同时，在保护的基础上充分利用风景名胜资源，促进县域经济发展，取得了明显成效。

"雄关漫道真如铁，而今迈步从头越"。蜀道资源弥足珍贵，蜀道保护任重道远。是剑门儿女用信念和智慧描绘出剑门蜀道风景名胜区保护的新愿景，是剑门儿女用拼搏和执着创造出剑门蜀道风景名胜区保护的新奇迹。协力同心，砥砺前行，千年蜀道必将焕发出新的更大生机与活力，蜀道保护必将谱写出更加灿烂辉煌的新篇章！

漫步剑阁古蜀道

这是一条古远的大道，这是一条神奇的大道！

漫步剑阁古蜀道，犹如踩在一部厚重的历史画卷上。

剑阁古蜀道是名副其实的世界奇观。那全长数百千米的石板大道和数千棵郁郁苍苍的古柏就是见证！

据史料记载，早在公元前316年，就有了这条蜀道，它是从现在的陕西西安到四川成都的一条重要的陆路通道。传说秦惠王伐蜀，制造了5头石牛，并派人在石牛屁股后边撒些金子，假装说这些金子是石牛屙出来的，蜀人就想得到这些能屙金子的石牛，于是就派五丁开路去迎接。还有一种传说是周显王三十二年（前347年），蜀朝秦，秦惠王派了很多美女去迎接蜀王，蜀王非常高兴，秦王知道蜀王好色，就答应把这5个女子嫁给蜀王，蜀王就遣五丁迎之。据《读史方舆纪要》记载："自沔县而西南，至四川剑州之大剑山关口，皆谓之金牛道，即秦惠王入蜀之路也。"三国蜀汉时，为了解决当时由汉中到成都的军事运输以及百姓通行，诸葛亮主持开辟栈道，在较为平坦的山地铺上木头，并杂以土石，修成土栈，在陡峭的崖壁上凿孔，插进木梁，上铺木板，修成石栈，仅在大剑山与小剑山开出的石栈就有 30 余里。到了唐代，官府进一步对这条大道进行了大规模地整治，使其更加完善，并成为军队通行，传递信息的官道。明洪武十三年（1380 年），四川驿道又进行了一次大规模整治，这次上军民 8 万余人，整治时间长 8 八个月之久。明正德年间（1506—1521 年），剑州知州李壁对这条官道进行大举培修，进一步拓宽道路，并在路面铺上石板，形成以剑阁为中心，南至阆中，西至梓潼，宽 3 至 6 米，能容五马并行，长达 300 余里的古代的"高速公路"。这段驿道修成之后，当地老百姓就在驿道两旁栽植柏树，后来官府又极力倡导植树，逐渐形成了"三百里程十万树"的壮观景象。

如今，这条堪与古罗马大道媲美的具有 3000 多年历史的大道绝大部分还保存完好，仍然是通行的要道。大道两旁的参天古柏荫天蔽日，郁郁葱葱，生意盎然。沿途专为马匹通行而设的拦马墙、饮马槽随处可见，那些宽大平滑的石板，已被行人踩出了深深的脚印，人们无法统计，在这条大道上，究竟走过了多少行人，究竟发生了多少悲欢离合的故事。更令人称奇的是，在保存最完好的拦马墙一带的石板上居然留下了一片一片星罗棋布、深浅不一的小圆坑，千百年来，从柏树上滴下的雨滴竟将这些坚硬的石头砸出了圆坑，这是怎样的奇迹啊！

　　漫步剑阁古蜀道，你会油然而生思古之幽情，油然而生种种遐想，种种感叹。你在赞叹古人创造的奇迹的同时，会感觉到自己的脆弱和渺小。漫步剑阁古蜀道，既是一种心旷神怡的享受，也是一次心灵的洗礼。

我站在巍巍的剑门关上

我曾久久地站在巍巍的剑门关上。

那绵亘百里的青石峭壁，那一夫当关、万夫莫开的狭隘关口，那古人吟诵的雄关诗篇，都常常在我的胸中激荡起层层波涛。

站在巍巍的剑门关上，我仿佛听到了三国蜀汉时的刀枪剑戟声；站在巍巍的剑门关上，我仿佛闻到了当年红军战斗的炮火硝烟味。

那是一座雄关，在那座雄关之上，有一道锈迹斑斑的铁门，那道铁门曾经是无数武士们难以攻克的堡垒。

那是一道真正的门，在那道铁门之内，无数辈剑门人繁衍生息，那道铁门曾经是他们最安全的屏障。

蜀中自古出人才。古有武则天、李太白、陈子昂、杨子云、司马相如、杨升阉……今有邓小平、朱德、杨尚昆、郭沫若、巴金、沙丁……然而，古人也好，今人也好，均是走出剑门（或夔门）之后才大展雄才的。

当年诸葛先生立石为门时，他可能不曾想到，这道门不仅关住了关外的入侵者，也关住了关内的多少仁人志士！

尤其处在剑门这大山深处。

翻开剑阁的州志、县志，似乎当地土著人中叫得响的只有南宋的礼部尚书黄裳，明代的兵部尚书赵柄然，清代的翰林学士李申夫，可他们都是走出去才成了大气候的。李老先生的恋山情结始终难改，在外边轰轰烈烈干了一番事业，人到晚年竟又回到了故乡这大山的怀抱。就是赵炳然先生，生前虽未能身归故里，死后也将尸骨埋在了剑山的绿树丛中。

令人尴尬的是，近现代的历史竟然给县志人物志的编撰者出了个难题：在这山清水秀的雄关之内竟然找不出一个勉强可以载入史册的人物！

常听关内人说，某人某人原来如何如何，一走出关外就混得怎样怎样。观说话人之色，听说话人之声，羡慕有之，赞赏有之，嫉妒也有之。

不管如何，走出去与不走出去的确不一样。

按说，在科技高度发达的今天，那道门早已挡不住任何东西了，姑且不说飞机在天上飞，铁路穿山而过，就是从关口通行了几十年的川陕公路，如今修成高速公路，也从关外绕道而行了。

作为通行屏障的门的确不存在了，但祖辈留下来的剑门人心灵的那道门却始终紧闭，剑门人的恋山情结根深蒂固。

诗人杨牧有两句关于剑门的诗发人深省："竖起脊骨便是剑，敞开胸怀便是门。"

是的，如今那道关门正在徐徐推开，雄关儿女已敞开胸怀迎接着从关外吹过来的阵阵春风。我站在巍巍的剑门山上，仿佛看到了紫禁城金碧辉煌的红墙绿瓦，看到了冀中平原广袤的沃土，看到了滚滚长江日夜奔腾不息的流水……

站在巍巍的剑门山上，我的眼中早已没有了那绵亘的峭壁和那锈迹斑斑的铁门。

我和朝天有缘

　　20 世纪 70 年代朝天还属广元县辖区时，我有一个亲戚在朝天中学担任校长，那时我就知道，在广元有一个地方叫作朝天。从那时起，这个未曾与我谋过面的叫作朝天的地方就在我的脑海里留下了深深的烙印，总想有朝一日能够一睹真容。2006 年，我第一次走进朝天后写了一篇题为《世界级大漏斗川洞庵》的文章发表在《四川日报》上，以后又多次向朝天建议，将川洞庵"天坑"的说法改为"漏斗"，时至今日，漏斗的说法已逐渐被人接受。从某种意义上，我和朝天的缘分得到了延伸。

　　再次走进朝天已经是第五次了，这一次不是游览朝天独具特色的自然风光，而是专程了解朝天核桃产业的发展状况。尽管之前对朝天近年来经济社会的超常发展已经有所耳闻，但呈现在眼前的一切还是令我深深地震撼了。谁能想到，这个地处秦巴山区的贫困小区近年来竟发生了如此翻天覆地的变化？谁能想到小小的核桃在朝天居然形成了富民增收的大产业？

数年前，我在108国道上看到了醒目的标语"朝天核桃滚全球"，那时候除了对这句广告词的大手笔、大气魄所打动外，也多少心存疑惑，小小的核桃，果真能从朝天重峦叠嶂的大山滚向全球吗？

有感于新官不理旧政，一任领导一套做法的现象，我曾创作了一篇题为《现场会》的小小说，《四川文学》发表时将标题改成了《示范点还是重灾区》，小说讲的是地处国道边的一块土地，县里每隔几年就要在那里开一次现场会，邀请上级领导和县内干部参观，张领导在这里拔掉玉米栽桑树，杨领导在这里拔掉桑树栽枇杷，王领导在这里拔掉枇杷栽猕猴桃，一届领导搞一个样板，折腾得老百姓苦不堪言。令人欣慰的是，朝天没有步入这个怪圈，认准核桃产业这个项目后，接力棒就一届一届地传了下去。

据朋友介绍，2009年，朝天新栽核桃3.21万亩80万株，成功打造了沙河望云、中子枣树、朝天重岩等一批高质量的样板村，全区基地规模达到21万亩530万株，提前1年实现了人均1亩核桃的发展目标；2010年，朝天核桃产量达到9124吨，实现产值2.7亿元，人均收入 1390 元；2016 年，核桃种植面积增加到 41.5 万亩，产量增加到 3.7 万吨，产值增加到 18.5 亿元；2017 年，核桃产量达到 4.3 万吨，连续 9 年位列四川省县区第一，产值达到 22 亿元，农民人均核桃收入达到 6000 元以上，核桃产业真正成了支撑朝天脱贫奔康的富民产业。

这一连串不断递增的数字，记录了朝天人的执着精神。

小时候读过叶圣陶先生的短篇小说《多收了三五斗》，说的是旧中国江南一带农民稻米比往年丰收了，米行却拼命压价，农民的收入反倒不如往年。时至今日，丰收成灾仍然是一些地区农业产业发展的又一个怪圈，他们只管发展，不管产品的销路，农民辛辛苦苦种出来的东西却卖不上好价钱。然而，在朝天看到的却是另一番景象，常常是核桃还没有完全成熟时就已经订购一空了，不管产量多少，价格始终没有起伏。朋友的进一步介绍，使我明白了朝天核桃产业之所以能够使朝天人钱袋子鼓胀起来的奥秘。

从技术创新推广、文化培育传播、产业融合发展等方面着手，朝天核桃产业实现了由增产量向提品质转变，卖产品向卖文化转变，一产向多产融合转变，如引进科技人才，培育优质品种；举办核桃文化旅游节，研发核桃美食和工艺品；依托核桃基地，发展林下种植；

引进核桃深加工企业，提高核桃的附加值等等。

这一系列行之有效的举措，彰显了朝天人的创新理念。

在朝天，我不仅看到了核桃交易市场的火爆场面，看到了写满果农脸上的笑意，更看到了朝天人脱贫奔康的豪迈气概，看到了朝天美好的未来。

凭着朝天人的拼搏精神，凭着朝天人的聪明才智，依托川陕甘核桃批发市场，依托星罗棋布的电商平台，朝天核桃真的滚向了全球。

我每年都要在超市买点朝天核桃、核桃饼、核桃酥之类的食品，我想我这个习惯恐怕再难改掉了，只要这个习惯不改，朝天和我的缘分就不会终结。

薅草锣鼓响起来

又是一年春草绿。

青川县乡村的田坝头，阵阵铿锵的锣鼓伴随着旋律优美的山歌子又响了起来，村民们踩着节奏欢快的鼓点，挥舞铁锄轻松愉快地薅着地头的杂草：

"遍地黄花开，歌郎下山来，打动锣和鼓，惊动众客来；一二三四五，进地把人数；多则五十个，少则四十五……一二三四五，六七八九十；十九八七六五四，七六五四三二一；众位客们莫在意，听我说个古怪并稀奇；楼上哪有牛耕地，喂猪哪有人在骑；茅草开花结成米，鸭子下蛋孵成鸡；公公胡子火烧了，媳妇的沟子夹不的。"

"叫声小哥儿哟，我的人嘛；不做庄稼就不得行哟，五黄六月倒还好嘛；十冬腊月就饿死人哟。"

这种鼓手边敲锣鼓边唱山歌的音乐形式就是在四川北部山区世代传承的一种独特的民间音乐——川北薅草锣鼓。

薅草锣鼓俗称"打锣鼓草""薅锣鼓草"或"撵锣鼓草"。每年的七八月份除玉米草、黄豆草时，几户或几十户劳动力集结在一起，一字型沿山坡地排开，一人敲着锣，一人击着鼓，有节奏地边敲边打边歌唱，为劳动者鼓舞士气，统一步调，消除疲劳。敲锣打鼓者多为地方有知识、有威望的老者或有培养前途的年轻人。敲锣者称"歌郎"，打鼓者叫"联手""同路"。早上8点左右，锣声一响，就告知人们该出工了。锣手走在前面，其余人闻声跟在后面，在山间小道上逐渐连成一线，俗称"牵线子"。到达农活目的地，歌郎首先起歌头，在锣鼓齐鸣中高腔开场。接下来是安五方，有的歌郎拜东西南北中五方神灵，有的则直接拜天、地、人，讲究"天时、地利、人和"。在一天劳动中占去大部分时间的是说正文。唱词内容既有成书的唱本，也有民间口头流传的有固定格式的七字文或十字文。在特殊的红色年代，毛泽东的七律、七绝，郭沫若的七言诗也成了正文的唱词内容。劳动中，若发现有人落伍掉队了，歌郎就会来到身后，用力地敲锣打鼓，激励催促落伍者加油赶上来。歌郎引吭高歌、激情飞扬，劳动者快速除草、挥汗如雨、你追我赶，呈现出鼓乐喧天、欢歌笑语的热闹场面。薅草锣鼓不仅能保证除草的进度和质量，还可使繁重的体力劳动在笑声中变得轻松，让劳动者充分享受到劳动的愉悦和快乐。

《川北薅草锣鼓》把民间文化与音乐融入艰苦的劳动中，是川北山区劳动人民聪明智慧的结晶，也是历代先贤为我们留下的宝贵的文化遗产。青川山里人把《川北薅草锣鼓》一代一代传承下来，使民间音乐在劳动中得到很好的继承和发扬，并且不断丰富其内涵和形式，使这一民间音乐形式更加绚丽多彩。板桥乡70多岁的陈文坤老汉说："锣鼓草从开天辟地就在打，我们一家三辈都是会'撵锣鼓草'的人，我是从爷爷那里学来的。"当问他是否记得那些撵草歌时，陈文坤说："随便哪一首都记得。"于是，他高声唱起了《太阳当顶过》《二面麻柳叶》《拜堂》《柳荫记》《思亲记》《三月百草青》，歌声悠扬，余味无穷。

目前，青川县有关部门正在认真发掘、整理、保护《川北薅草锣鼓》。县上成立了"青川县非物质文化遗产保护工作领导小组"，研究制定了保护计划。县人民政府还将《川北薅草锣鼓》这一非物质文化遗产项目的保护纳入县财政预算。

一代一代的川北先民传承了《川北薅草锣鼓》，新一代川北人正在将这一文化瑰宝继续传承下去。

探访世界级大漏斗

比美国阿里希波漏斗大出近十倍

距广元市朝天区城东42千米的曾家镇响水村川主山脚，绿树掩映着一个巨大的天坑，据有关部门考证，这是迄今为止发现的世界上最大的天坑。因川主山顶旧有川主庙，当地人将天坑称为川洞庵。

世世代代很少走出大山的当地人并不知道被他们视为风水宝地的那个地方竟然会是世界奇观！他们将天坑称之为"洞"，是因为在天坑的底部，有一个巨大的溶洞，洞口不大，进去之后却豁然开朗，可容纳数千人的洞底又是一个深约百米的天坑，抬头仰望，一束阳光从溶洞顶上天然形成的巨大圆形洞口上直射下来，形成百米光柱，透过光柱，蓝天白云清晰可见。

据有关专家考证，川洞庵漏斗属白垩纪地层，它由两级漏斗组成，长径约 650 米，中径约 400 米，短径约 50 米，深约 670 米，容积约 2.22 亿立方米。有关人员查阅资料后比较，在已知的世界级大漏斗中，它比重庆奉节县容积为 1.19 亿立方米的龙缸大漏斗还大，比直径 330 米、深度 70 米、号称"世界第一"的美国阿里希波漏斗大出近 10 倍！

天坑内有大大小小漏斗 11 个，这个漏斗群几乎囊括了各种类型的漏斗，堪称"漏斗博物馆"。在这个漏斗群中，最大的漏斗约占整个漏斗群的 90% 以上。漏斗壁 90 米以上，四周岩石如斧劈刀削，围成了一个直立的山洞，似对天张开的大嘴；90 米以下的东南面、西南面，有 30 多亩坡耕地。20 世纪 90 年代前，当地村民一直采取刀耕火种的方式，在此漏斗腰壁上进行耕种。漏斗底部是参天而茂密的原始森林，其间杂树丛生，藤蔓攀连，更令人惊奇的是，这里竟然有被誉为活化石的濒危植物——红豆杉；有叶如碗状，花开碗心的"金银花"；有形似宝塔的"千层树"等等。由于天坑内风寒不易入侵，因而与坑外的气温差别较大。初春伊始，山上往往白雪皑皑，而坑内野花则开始绽放。有几个村民还利用温差，在那儿种些蔬菜，一年四季都能享用。

烟润洞常年烟雾缭绕

在西北面的岩缝里，有一约 2000 平方米的大台阶，再往里走是一近 90 度的斜陡坡，延伸下去 500 余米深处，一汪泉水"咕咕"流入地下暗河。在洞壁的东北部，有一个形似潭状的洞，当地人称为"烟润洞"，之所以称为烟润洞，是因为洞口常年烟雾缭绕，而洞内却不见一丝烟云。该洞高约 100 米，洞口直径约 70 米，洞内直径则有 110 多米。每当艳阳高照或飞流直下时，置身其中，犹如人间仙境。因气候温润，洞内苔藓深铺，踩上去软绵绵的，若履毡毯。

独具特色的野生动植物园

川洞庵雨量充沛，常年云遮雾绕，流水潺潺。远观烟雾和流水，犹如硕大无比的白练悬于九天。景区空气清新，纤尘不染，冬天暖风扑面，夏日冷气浸人。

因景区植被特别好，有很多古树在这里完全处于自生自灭的原始状态，林间的枯枝败叶厚可盈尺。野生植物达数百种，其中，红豆杉等珍稀植物随处可见，走进川洞庵，如同进入了一个野生植物园。

景区内有狐狸、刺猬、狼、野猪、金钱豹、野鸡等动物数十种，这些动物长期以来与山民和睦共处，见到山民不惊不慌，也不伤人。山上长年栖息着数百只野鸡，春末夏初，野鸡蛋俯首皆是，却没有人去捡。白鹭在青山绿水间起起落落，呱呱欢叫，给寂静的景区平添了几多生气，形成一道独特的景观。

众多的动植物之所以能够在这里茁壮成长，除了大自然赋予的得天独厚的条件外，还与山民们的精心呵护密切相关。山民们有着很强的环保意识，从不砍伐林木，甚至不动一枝一桠，近年来，不断有游客慕名前来观光，山民们自发地提着自制的铁钩和纸篓捡拾垃圾，承担着守林护林和清理环境的任务。

王聪儿抵御清军所筑的寨门和炮台至今尚存

川洞庵山高林密，地形隐蔽，历来为兵家必争之地。历史上，这里曾经发生过3次大的战争。清嘉庆二年（1797年），川楚农民起义军首领王聪儿率领大军驻扎在山洞里抵御清军，凭着险要的地势和顽强的斗志，使清军未能攻克，抗御清军所筑的寨门和炮台至今尚存洞口。这里也是当年白莲教设立分教和传教授徒的圣地，在这样一个与世隔绝，恍如仙境的地方传授教义，环境本身就能给人以净化。白莲教崇佛，故川洞庵内塑有观音像、弥勒佛像等。天坑内的奈何桥、会仙桥、望月楼、莲花池等景观的命名，也带有明显的宗教成分。

这里也是红军在曾家地区初建根据地时议事的秘密场所。1933 年 6 月，红军进入曾家地区，在川洞庵望月楼召开了秘密军事会议，制定了"清匪、减租，建立苏维埃"的行动方案。这年 7 月 8 日，红四方面军 73 师在朝天境内建立了第一个"区苏"——中共嘉陵县苏维埃李家坝区苏维埃委员会和李家坝区苏维埃政府，为川陕边区播下了革命火种。

泰国印象

那年8月，我随《四川农村报》组织的境外采访团去泰国采访，名为采访，实为旅游，虽然不像别人那样要么美国、加拿大，要么新、马、泰、港、澳，一游就是一连串的国家和地区，但总算出了一趟国，了却了一桩出国的心愿。

从成都上飞机，大约3个多小时就抵达曼谷机场，在飞机上就听人说曼谷机场是亚洲最大的机场，一下飞机，果然名不虚传，眼前呈现的是长长的走廊和豪华气派的候机厅。当我看到候机厅里匆匆行走的不同肤色的男男女女时，不由在心里发出感叹：好多的老外！但随之即恍然大悟，在异国他乡，我们才是老外！

到机场接我们的泰方导游姓马，她身着男装，胖胖的身材，黝黑的皮肤。最初我们都以为她是个先生，谁知竟是位女士。据她自己讲，她出生于中国云南，不到10 岁的时候，就只身偷越国境，在缅甸读完了小学，然后辗转台湾，读完了中学，后来就在泰国当了导游。马小姐是个性格开朗活泼的人，在以后的导游中，她笑话连篇，给我们这次旅游增添了无限的欢乐。

我们当晚住在曼谷一家中国人开的星级宾馆里，入住的时候，正好赶上吃晚餐，晚餐是丰富的自助中餐，并有歌手助兴，一流的音响，美丽的歌喉，使人食欲大开，同行的一位男士还即兴与女歌手来了一段男女声二重唱，在异国他乡听到熟悉的中国流行歌曲，倍感亲切。

曼谷是个美丽的城市，高楼林立，绿树环绕，绿草铺地，城市掩映在一片绿荫之中。宽敞气派的马路上，流淌着的各式高级轿车，像一条条瀑布，又像一根根飘带，给城市平添了一道美丽的风景线。听导游讲，曼谷 600 多万人口，在公路上跑的就有 300 多万辆私家小轿车，因此，塞车就成了曼谷最令人头痛的事情，一塞几个小时是常事，摩托反倒成了最方便的交通工具。曼谷没有豪华出租车，跑出租的只有安着两排木凳的皮卡车。

曼谷是个以旅游著称的城市，人文景观很多，最著名的有玉佛寺、大皇宫、鳄鱼塘、野生动物园等。玉佛寺、大皇宫金碧辉煌，是典型的佛教风格的建筑。泰国是个信佛教的国家，对佛非常虔诚，加之大皇宫是皇家的宫殿，所以到玉佛寺、大皇宫参观必须衣着整齐，绝不允许穿背心、短裤之类，对妇女要求更严，袒胸露背，下装在膝盖以下者，一律禁止入内。为了方便游人，管理处备有长裤、裙子之类，可以免费穿用。在大皇宫，还可以看到皇家侍卫全副武装击鼓换岗的壮观情景。

鳄鱼塘是中国潮州一位杨姓老板开办的鳄鱼人工饲养场，已成为曼谷的一大景观，据说养有大大小小的鳄鱼四五万条，在那里，不仅可以看到成群成堆的鳄鱼，还可以看到人头喂到鳄鱼嘴里的惊险表演，如果有胆量，你还能与鳄鱼合张影呢。曼谷的野生动物园里，飞禽猛兽，应有尽有，全部敞放在野外，参观动物，须坐在密闭的车内，狮子老虎，毒蛇豺狼，一个个张牙舞爪，令游人心惊胆战。

到泰国，不能不看人妖表演，看人妖表演，须到距曼谷数十千米外的海滨城市芭提亚，芭提亚市区不大，来自世界各国的观光客摩肩接踵。

在芭提亚，除了看人妖表演，还可以到海上夜总会狂欢，到沙美岛海滩游泳，在海上跳伞，坐摩托艇冒险，玩累了，乏了，还可以吃到美味海鲜……

后　记

　　我已在这座古城生活了近 40 年，古城的大街小巷留下了我的深深印痕，也留下了我许许多多的美好记忆。

　　这是一座名副其实的历史文化名城。从蜀汉彰武元年作为县级行政区，到 2003 年县行政中心转移，剑州古城已有 1800 余年的设县历史。从南朝宋时开始作为州一级行政区到 1953 年剑阁专区撤销，已有 1600 多年的历史。古城保存完好的明代古城墙、钟鼓楼、箭楼、鹤鸣山道教石刻造像群、李商隐《剑州重阳亭铭》碑刻、颜真卿书法石刻《大唐中兴颂》、红军十大政纲石刻等文物古迹，见证着这座历史文化名城的悠久历史和厚重文化。

　　在古城，我从一个血气方刚的青年慢慢变老，把自己的青春热血全部洒在了这里。是这座古城给了我生活的激情，也给了我创作的灵感。我在这里创作了长篇小说《椅子湾》、短篇小说集《凡人俗事》、散文集《文化剑阁》以及《谜语故事》《中学生古诗词读本》《精要语段导读》《初中语文精要语段导读》《高中语文精要语段导读》等中小学生读物，主编了《主角》《剑阁革命老区发展史》《广元散文选》等文集，参编了《走马古蜀道》等多部著作，在《中国作家》《四川文学》《四川日报》《读者》等报刊发表文学作品数十万字。

这本集子里的全部作品也是在剑州古城完成的。从20世纪80年代初调入剑州古城工作开始，我陆续在报刊上发表了一些散文作品。选编这本集子时，没有按照时间先后顺序编排，早期的作品也没有做大的改动。虽然部分纪实类散文所描写的内容现在已经发生了很大变化，但那是当时经济社会的真实反映，未做改动，是想保留当时的真实面貌。

我对古城有着近乎固执的偏爱，偏爱到很多人难以理解的程度。20世纪80年代中期，我在县文管所工作期间，陆续在《四川文物》上发表了几篇考古研究的文章，引起了学术界的关注，同时也引起了四川省文物管理委员会专家的注意，有意选调我到省文管会工作，我放弃了。后来，又有机会调成都、绵阳的名校任教，调广元市委宣传部和《广元日报》社工作，都被我放弃了。

县行政中心转移后，我本应在新县城定居，却固执地坚守在古城，蜗居在两室一厅、50余平方米的陋室中。客厅窗外便是满眼的绿色，绿树、青菜不仅给我带来了清新的空气，也给我带来了心灵的愉悦。我坐在电脑桌前敲打键盘，我挑着水桶浇灌自种的绿色蔬菜，这样的城市、田园生活实在是一种高雅的享受。

我将继续在剑州古城生活，古城笔记也会延续下去。